高等教育艺术设计精编教材

平面设计类

包装设计

BAOZHUANG SHEJI

张 旗 尹 青 张鸿博
汪 丹 唐 慧 编 著

清华大学出版社
北京

内容简介

本书共分六章，第一章对包装设计进行了概述，第二章介绍了包装设计等的方法，第三章介绍了包装容器造型的基本概念及设计分类，第四章介绍了包装的造型与结构的设计，第五章介绍了包装的视觉设计，第六章介绍了包装的印刷工艺。

本书既可以作为普通本科院校学生的教材，也可用作高职高专学生的教材，是一本专业性强、可读性强且非常实用的教材。

图书在版编目（CIP）数据

包装设计／张旗等编著．—北京：清华大学出版社，2011.6
（高等教育艺术设计精编教材）
ISBN 978-7-302-25062-3

Ⅰ．①包… Ⅱ．①张… Ⅲ．①包装设计－高等学校－教材 Ⅳ．① J524.2

中国版本图书馆 CIP 数据核字（2010）第 031799 号

责任编辑：张龙卿（sdzlq123@163.com）
责任校对：刘 静
责任印制：李红英
出版发行：清华大学出版社　　**地　址**：北京清华大学学研大厦 A 座
http://www.tup.com.cn　　**邮　编**：100084
社 总 机：010-62770175　　**邮　购**：010-62786544
投稿与读者服务：010-62776969，c-service@tup.tsinghua.edu.cn
质 量 反 馈：010-62772015，zhiliang@tup.tsinghua.edu.cn
印 刷 者：北京鑫丰华彩印有限公司
装 订 者：三河市新茂装订有限公司
经　销：全国新华书店
开　本：210×285　**印　张**：8.5　**字　数**：235 千字
版　次：2011 年 6 月第 1 版　**印　次**：2011 年 6 月第1 次印刷
印　数：1～3000
定　价：45.00 元

产品编号：037605-01

编 委 会

参编院校

（排名不分先后）

序号	参编院校	序号	参编院校
1	清华大学	28	湖北大学
2	湖北美术学院	29	襄樊学院
3	武汉工程大学	30	深圳广播电视大学
4	武汉纺织大学	31	湖北工业大学商贸学院
5	湖北工业大学	32	南华大学
6	长江职业学院	33	河南信阳师范学院
7	北京联合大学	34	武汉职业技术学院
8	华中科技大学	35	湖南工业大学
9	湖北经济学院	36	武汉科技大学城市学院
10	武汉理工大学	37	武汉工程大学邮电与信息学院
11	荆楚理工学院	38	长江大学
12	湖北师范学院	39	武汉科技大学中南分校
13	湖北第二师范学院	40	江汉大学
14	三峡大学	41	湖北汽车工业学院
15	武汉科技大学	42	广西艺术学院
16	中南民族大学	43	江汉大学现代艺术学院
17	中南民族大学工商学院	44	九江学院
18	华中科技大学文华学院	45	华中科技大学武昌分校
19	武汉理工大学华夏学院	46	武汉工业学院
20	华中师范大学武汉传媒学院	47	华中师范大学
21	黄石理工学院	48	华南农业大学
22	华中农业大学	49	内蒙古农业大学
23	湖北民族学院	50	内蒙古科技大学
24	中国地质大学	51	广州美术学院
25	黄冈师范学院	52	孝感学院
26	华中农业大学楚天学院	53	武汉大学
27	苏州科技学院	54	江南大学

总　序

艺术设计专业是一门综合的学科门类，是社会经济高速发展过程中与科学、经济、人文结合密切的领域。随着产业多元化的发展，社会对艺术设计类人才的需求量逐年增加。据教育部最新统计资料显示，全国开设艺术设计教育专业的高校有1400多所，艺术设计类普通本科、专科在校学生人数超过40万，而且各类高等院校每年都在扩招艺术设计专业的学生。

我国艺术设计专业教育虽然发展速度很快，规模宏大，但人才质量还无法完全满足社会的需求，还有部分艺术设计专业毕业生存在就业难的问题，归纳原因主要包括以下两个方面：① 毕业生缺乏实践经验，所学知识难以和企业需求接轨；② 毕业生的创新能力比较差，无法满足企业实际需要。因此，对艺术设计专业教育现状进行分析并进行必要的改进、创新已经变得迫在眉睫。

当前，我国高等教育正处于深刻变革的时期，高等教育已经从过去的精英教育转向大众教育。从学科的发展角度来看，艺术设计专业的内涵也已从过去狭窄的实用美术范围扩展到公共艺术设计、视觉传达设计、环境艺术设计、数字艺术设计、动画设计、工业设计、服装设计等与人们工作、生活密切相关的广阔领域，因此，艺术设计专业已经成为我国高校最热门的专业之一。

艺术设计专业的培养目标是：培养德、智、体、美全面发展的宽口径、厚基础、高素质、强能力，具有创新精神、实践能力和良好发展潜力，适应经济和社会发展需要，能够在教育、设计、生产等相关企事业单位从事艺术设计、教学等方面工作的高素质应用型人才。

艺术设计专业教材体系的建设，是当前高校艺术设计专业教学中一个紧迫的任务。只有建立起具有科学性、系统性、实践性、前瞻性的教材体系，才能培养出知识面广、综合素质高、专业技能强、有责任心、具有团队精神、创新能力、适用性强的优秀毕业生，以满足社会对设计人才的需求。这也是清华大学出版社组织编写艺术设计专业系列教材的初衷和目标。

艺术设计教材是艺术设计教学的基础，既是教学课程内容和教学方法的主要依据，又是过去教学成果的反映，因此，教材的编写一定要准确地反映教学模式的特点，反映课程的教学指导思想，反映该专业领域的知识、能力要求和学习新事物的认知规律。所编写的艺术设计教材要顺应时代发展和社会需求的新特点，同时体现专业教学与素质培养相结合的特点。

在专业设计课和社会需求、生产实践的关系上，还应根据实用、价廉、环保、美观的设计原则，综合运用新材料、新加工工艺和形式美的法则，充分发挥学生的创造性和主动性。

本系列教材有以下特点：① 注重加强学生艺术设计基础理论的学习，以便为后续专业课的学习打下坚实基础，在设计概论、设计美学、设计史、人体工程学、材料学、工艺学、营销学、设计管理等方面注意加强教学研究。② 注意专业理论的系统性及案例的丰富、新颖，尽量体现最新的科研及教学成果，反映各院校成功的教改经验，体现教材的先进性、实用性的特点。③ 本系列教材选择作者的原则是：要具有丰富的教学经验和实际项目设计经验，所在院校的艺术设计专业比较有特色，覆盖地域尽量广泛。④ 本系列教材尽量通过大量的图片来说明问题，并通过对实际工程项目的详细分析，使学生能够学以致用，缩短与工作单位实际需求之间的距离。⑤ 本系列教材参编院校众多，目前已经有 50 多所各有千秋的院校参与进来，后续教材的开发将组织更多的院校参与。

本套丛书在编写过程中，得到了多所院校领导、老师以及武汉市恒曦书业发展有限公司的大力支持和帮助，在此一并表示衷心的感谢!

本系列教材不仅适用于艺术设计类本科院校、高职高专院校，也适用于设计机构及相关的从业人员。

丛书编委会

2010 年 10 月

前 言

在设计教学中，教材是指导教学和引导学习的工具，可以称为无声的教师。在我国设计专业发展的背景下，设计教材的种类和数量增加得非常快，但是在众多的教材中，却往往不容易找到符合实际上课需要的教材。带着这种困惑，我们在一些本科院校进行了调查和实验，和许多同行进行了讨论，最后由我们这批来自教学一线的教师们组成了《包装设计》教材编写组。我们对国内外现有教材进行了分析、比较，对包装设计课程的目标、原理、思维、技法、方式等方面进行了整理和归类。并立足课程教学需要和包装设计时代发展要求，吸取了很多包装设计教材的精华之处和成熟的经验，考虑了当代学生的学习特点和实际水平，内容由浅入深、步步深入、平实易懂。我们相信本书将给正在艺术设计专业学习的学生、包装设计从业者和爱好者一个新的选择。

本书在编写过程中，参考了相关学者的研究论著、教材，采用了同行和学生作品、以及相关网站的资料。在此，向这些作者和协助完成本书的人士致以衷心的谢意。

编　者

2011 年 1 月

目 录

包装设计

第 5 章 包装的视觉设计

包装设计

第 1 章 包装设计概论

1.1 包装是什么

如果我们将传统的包装设计概念概括起来，它包含着以下功能。

(1) 保护功能：即通过一定方法将物品包容、保护起来，使之在质量上免受损害（见图 1-1）。

图 1-1

(2) 整合功能：即将一些无序散乱的物品按照一定的容量或数量单位，组合统一在一起（见图 1-2）。

图 1-2

(3) 运输功能：即通过包装手段，使物品便于运输（见图 1-3）。

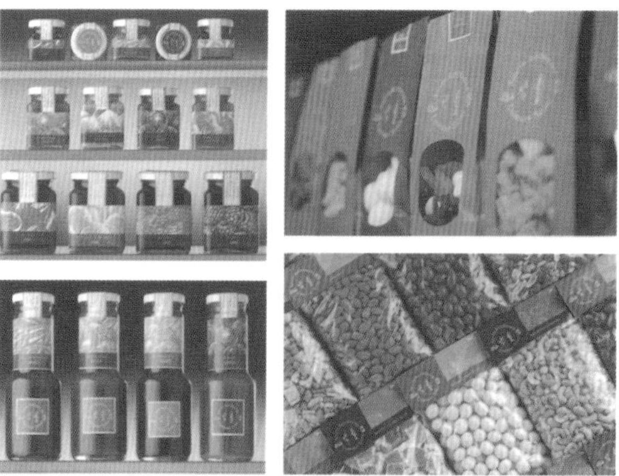

图 1-3

(4) 美化功能：即通过包装使物品显得富有美感，吸引人，便于商品销售（见图 1-4）。

图 1-4

包装设计是指在专业领域内探讨物品包装的方法、技巧、语言及规律。而广义上的包装物，是指人们用来盛放和包裹食品或用品的器物（见图 1-5）。狭义上的包装物，则是指市场上流行的销售包装即商品包装（见图 1-6）。它不仅是看得见，摸得着的器物，更多地蕴含着保护商品品质、传达商品信息、促进商品销售的内涵。

图 1-5

图 1-6

本书的包装指的是包裹或者覆盖一件物品或者一些物品的设计活动。我们所指的包装，不仅仅是指将物品包裹或者覆盖而已，同时也需要它能够满足保存和保护商品，满足储存运输及携带的方便性，使用的经济性和科学性，同时还能够起到促进销售的作用（见图 1-7）。

图 1-7

对于包装设计者而言，包装设计具有很强的综合性，它要求设计者具备结构造型设计能力，对图形、文字、色彩、编排等视觉造型语言的创意能力，对制作工艺、制版印刷、包装材料、包装生产成型等技术环节要有充分的了解，还需掌握计算机辅助设计的手段。此外，对市场营销、消费心理学、企业形象推广战略也需要有足够的认识。

从设计角度而言，包装设计是一种将形状、结构、材料、颜色、图像、排版式样以及其他辅助设计元素与产品信息联系在一起，进而使一种产品更适于市场销售的创造性工作。包装的目的是为了盛放产品，对其进行运输、分配和仓储，为其提供保护并在市场上标示产品身份和体现产品特色。包装设计以其独特的方式向顾客传达出一种消费品的个性特色或功能用途，并最终达到产品销售的功能，如图 1-8 和图 1-9 所示。

图 1-8

图 1-9

包装设计的核心内容是解决视觉传达问题。但是只强调美感的包装设计未必能取得令人满意的销售业绩，因此包装设计的目标不仅是创造出有视觉吸引力的设计作品，通过恰当的设计方案创造性地达成销售者的销售目标才是包装设计的最终目的。

作为一种创意工具，包装设计其实就是一种表达手段。永远都需要强调的一点是，这种表达应是产品的表达，而不是个人的表达。此外，设计师或营销商的个人偏好，无论是颜色、形状、材料或版面风格上的偏好都不能强加于特定的包装设计。一个产品的包装设计，一种能够吸引目标消费市场关注的包装，总是来自于一个产品元素与视觉元素的融合设计，从而向目标消费者传递出各种情感、文化、社会、心理和信息提示的创意过程，如图 1-10 ～图 1-12 所示。

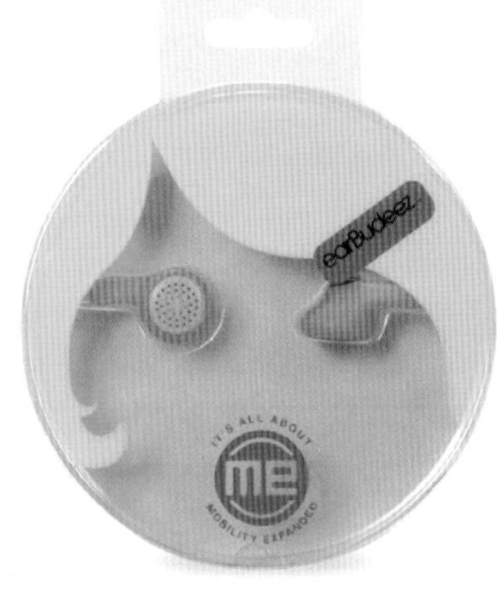

图 1-10

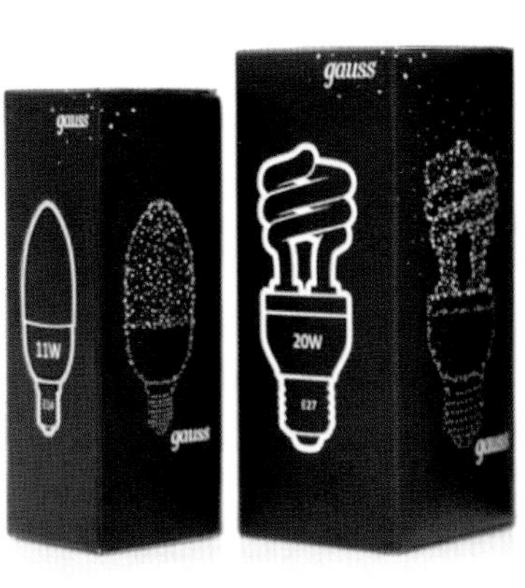

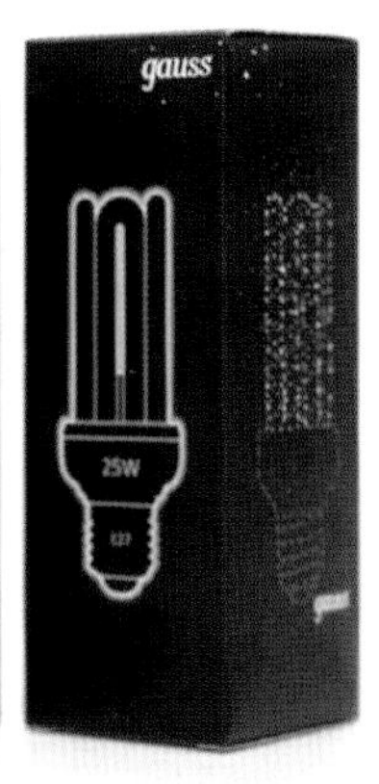

图 1-11

图 1-12

包装设计也是一门综合性很强的艺术设计学科，它既有视觉传达语言中的造型、结构、图形、色彩、文字、编排等内容，又涉及到材料、印刷、工艺等技术环节，还应该结合消费心理学、市场营销学、技术美学等学科内容，学科的交叉性是包装设计最显著的一个特征。

1.2 包装的历史

人们对包装的认识，也是随着人们的社会生产实践的不断加深而不断更新的。在今天大生产与大市场的背景下，现代包装的概念及其内涵与过去相比有了极大的改变。通观包装设计历史发展的全过程，可分为包装的原始时期、包装的发展时期和包装的未来时期。

1.2.1 包装的原始时期

包装设计的原始时期出现在人类文明进化历程中的早期时代。在原始社会后期，因为剩余产品的出现，需要存储和交换，从而产生了原始的包装形态。以今天对包装概念的理解，容器是最早期的包装形态之一，它具备了包装的基本功能。例如，保护被保存物，使之方便使用和携带等。我国的陶器起源很早，分布很广，很多地方都发现了精美的原始陶器。原始社会的人们已经开始用矿物质等天然颜料在陶器上绘制装饰纹样，烧制成精美的彩陶。彩陶的装饰纹样有植物、动物、山水、人物以及抽象几何图形，如图 1-13 ～图 1-15 所示。

图 1-13

图 1-14

图 1-15

1.2.2 包装的发展时期

1．奴隶制和封建制时期的包装

在奴隶制和封建制的社会条件下，包装设计处于发展时期。这个时期，在西方大约从公元前 3000 年左右至 18 世纪初，在中国则是从公元前 2000 多年的夏朝初期至 19 世纪中叶封建经济开始崩溃为止。这一时期，出现了专门从事商业的商人，推动了商品交换的发展。出于商品交换的需要，人们对商品包装的设计、制作和研究也进入一个新的阶段。

造纸术是我国古代四大发明之一。纸的出现，逐渐替代了以往成本昂贵的绢、锦等包装材料。到了宋代，我国雕版印刷达到了高峰，许多地方形成了大规模的刻印中心，这时期出版印刷了大量典籍。印刷术也被运用到包装设计中，比如在包装纸上印上店铺名称、宣传语和吉祥图案等。我国现存最早的印刷品包装是北宋时期山东济南刘家针铺的包装纸（见图 1-16），四寸见方，铜版印刷，中间是一个兔子的图形标记，上方横写着“认门前白兔为记”，下半部有广告语“收买上等钢条，造功夫细针，不误宅院使用，客转为贩，别有加”等字样，图形鲜明，文字简洁易记，已经具备了现代包装的基本功能，表现出明确的促销功能。

图 1-16

青铜器也可以看作是包装的一种。青铜器的造型丰富多样，仅作为容器用途的就可分为烹饪器、食器、酒器、水器等。烹饪器主要有：鼎、鬲，还有爵（见图 1-17）、簋（见图 1-18）。酒器主要有：角、觚、觯，还有壶、尊等盛酒器以及卣等。水器有鉴和盘等。这些器皿充分体现了古代人民对制造工艺和装饰美学法则的掌握。在装饰上，青铜器除平面装饰外，还出现了很多立体装饰。例如，把盖的钮做成鸟形、动物的头部或双角兽形等，大大丰富了青铜器的造型（见图 1-19）。

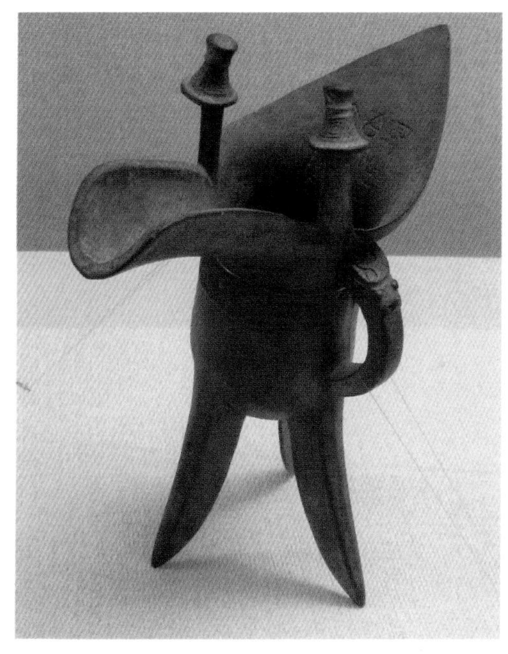

图 1-17

图 1-18

图 1-19

瓷器是中国最具代表性的工艺品，几乎成了中国传统文化的象征（见图 1-20），它作为一种容器，在中国历史的发展中，其应用范围之广、历史之悠久、影响力之大都是其他种类的容器无法比的。直至今日，除了工艺品、日用品以外，瓷器也是一种常用的具有民族传统风格的包装形式，像白酒（图 1-21）、中药的包装（图 1-22）等。

图 1-20

图 1-21

图 1-22

劳动人民在长期的生产生活中运用智慧，从身边的自然环境中发现了许多天然的包装材料，如木、藤、草（见图 1-23）、叶（见图 1-24）、竹、茎等。竹、木作为包装材料已有长久的历史，木制的箱、匣也是用途广泛的包装容器（见图 1-25）。

图 1-23

图 1-24

图 1-25

其他各种植物材料，如藤条、柳条编织的包装容器，在古代也广泛用于储藏各种食品和日用品（见图 1-26）。新疆吐鲁番阿斯塔那唐墓出土的筐盒是以麻绳为经、柳条作纬编造的，出土时里面还盛有葡萄干。绛州的藤编盘匣、沧州的细柳箱，造型典雅，图案新颖，在唐代非常盛行。

现在我们做设计的时候也会用到麻、木、皮革等作为包装材料。我国是丝绸的故乡，丝绸自然也被用作包装材料，制成锦袋、锦盒等（见图 1-27）。还有漆器等重要包装形式。19 世纪初期，玻璃瓶、陶瓷罐、金属容器、纸板盒、包装纸等都需要在外部表示出商品的品牌形象，起到引人注意、传达商业意图、提高产品附加值的作用。包装技术迅速结合了进入全盛时期的印刷技术，精美的彩色印刷应用于纸盒包装上。

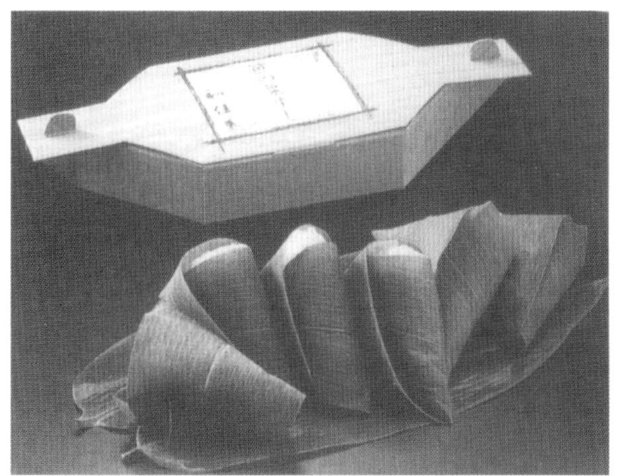

图 1-26

图 1-27

2．工业革命后的包装

随着科技的进步，特别是欧洲工业革命以后，商品的流通手段得到了很大的发展，远洋运输、铁路运输的出现，以及公路运输、航空运输的发展，使商品流通的范围扩大到全世界。在这种情形下，包装行业的产业化才能配合商品流通的需要以及销售方式的变化（见图 1-28）。

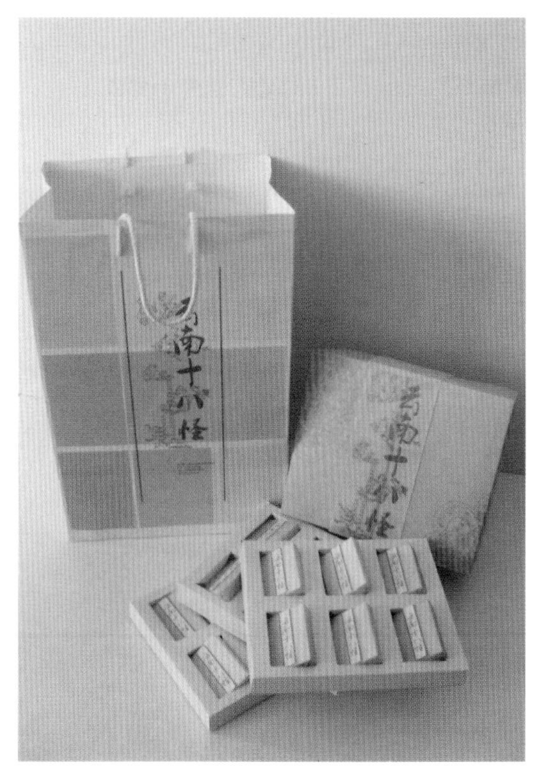

图 1-28

历史上的工业革命又称产业革命。18 世纪 60 年代从英国发生，到 19 世纪席卷了欧美，这是一个由手工业生产到机器工业生产的变革过程。随着商品经济的发展和市场交易的扩大，包装成为商品流通中一个不可或缺的环节。包装作为销售性媒介，改变了以往单纯储存物品的静态特征，被赋予新的使命。产业革命之后，由于生产技术的提高，大量的商品充斥市场，推动了市场营销方式的改变，为增强商品的竞争力，要求包装从材料的选择到结构、造型和装潢的设计都日新月异（见图 1-29）。20 世纪 40 年代，美国超级市场的大发展时期，直接刺激了商品包装事业的迅速发展，使包装不仅成为商品销售的媒介（见

图 1-30），而且成为市场竞争的有力武器。再者，国际贸易的迅速增长，也推动了包装材料、包装技术、包装机械的不断改进，也推动了包装设计思想的不断更新（见图 1-31）。20 世纪 80 年代初期，受经济不景气的影响，回收再利用的包装设计观念应运而生，日本提出了“轻、薄、短、小”的包装设计思想，使“轻量化”、“小体积”的设计风格（见图 1-32 和图 1-33）形成一股潮流，以降低储运成本和加强使用的便利性，提高商品的竞争力为目标（见图 1-34 和图 1-35）。

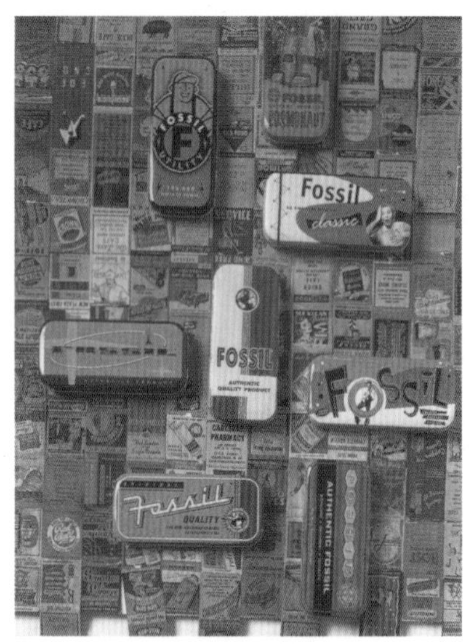

图 1-29

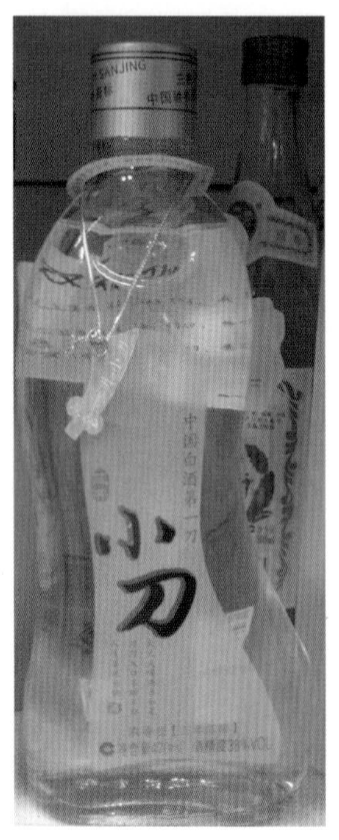

图 1-30

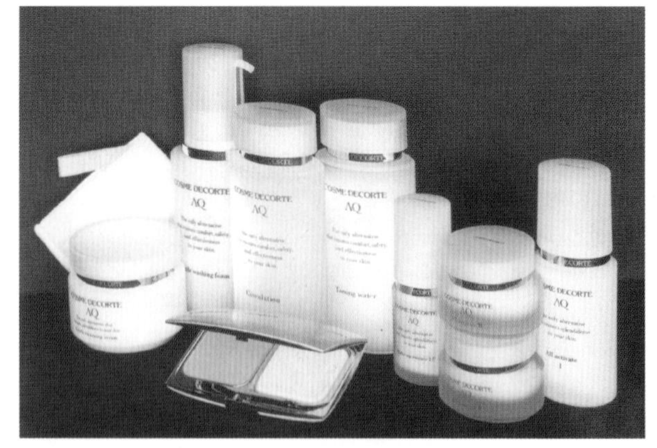

图 1-31

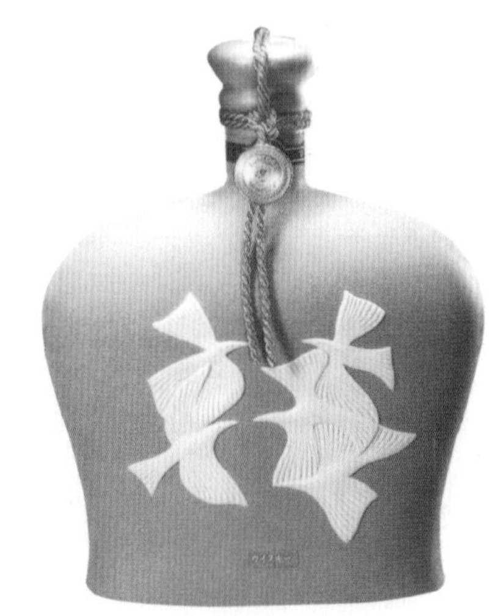
图 1-32

图 1-33

图 1-34

图 1-35

工业革命以后，机器化大生产逐步取代了传统的手工式作坊，包装机械的应用使包装更加标准化和规范化，如今各国还相继制定了包装工业标准，以便于包装在生产流通各环节的操作，在各工业化国家已发展成为集包装材料、包装机械、包装生产和包装设计为一体的包装产业，在美国，包装产业已成为第三大产业，在国民经济中所占的比重仍在逐年增加。产业化包装发展的历史，既是包装材料及制造工艺的发展史，也是包装形态不断适应市场竞争而变化的历史。主要的包装材料，如金属、纸板、玻璃、塑料等，都历经了不断演变的过程，如图 1-36 ～图 1-38 所示。

图 1-36

图 1-37

图 1-38

包装设计的历史与人类文化兴起的各个方面均有着密不可分的联系。技术、材料和生产的发展，以及不断演化的消费型社会所创造的各种条件都为包装开辟出一个巨大的市场，从而将其用于货物的防护、存储、运输和销售。包装设计则成为一种通过视觉方式展示产品内容的销售工具，如图 1-39 和图 1-40 所示。

图 1-39

图 1-40

1.2.3 包装的未来时期

1．多元因素的影响

新产品技术需求的因素。随着社会的进步，新产品不断出现，对包装设计本身也提出了新的挑战。如何保护、保存这些产品，如何让它们安全地进入流通领域，如何能在商业销售中取得成功，这些新的课题促进了包装结构、材料、视觉传达等方面的不断更新与进步（见图 1-41）。另外，包装是为消费者服务的，要以消费者使用、喜好的角度来考虑。因此，包装形态处于不断变化发展中。从 20 世纪包装的发展来看，POP 式包装、便携式包装、易拉罐、压力喷雾包装、真空等包装形态，满足了消费者的需求（见图 1-42）。如今，互联网给人们的生活带来了极大的方便，网上交易、网上购物等新的消费形式也渐渐被越来越多的人所接受，包装设计也必将面临更大的改变。

图 1-41

图 1-42

流通发展的因素。贸易的国际化是现代社会经济发展的特点，包装设计行业也要适应这种国际发展的趋势，使商品包装更便于运输且保质时间更长。

市场营销发展的因素，市场营销是立足于消费心理基础上的销售科学。在激烈的市场竞争中，由于科技的进步和市场的逐步规范，消费者仅从产品质量上已经很难分出高低，在这种情况下，商家只有充分表现出自己商品的特点，才能促使消费者购买（见图 1-43）。

图 1-43

随着人们生活节奏的加快，商品在包装上要求更加体现出便利性和简洁性，尤其是食品，大量的半成品、冷冻食品、熟食制成品、微波食品涌现出来，包装也随之在结构、材料、功能上发生变化（见图 1-44）。

图 1-44

来自哥伦比亚的咖啡，来自法国的葡萄酒等（见图 1-45），一般都会在包装设计中采用具有原产地风情的图片。再者，商品中使用的特殊原材料、配方或新的加工工艺，也会作为包装设计的特点体现出来，如图 1-46 所示。

图 1-45

图 1-46

今天的包装设计已经完全融入了一个公司内部无所不包的品牌战略。包装设计师们与品牌打交道的历史由来已久，因此在公司内部团结协作的过程中，他们扮演着举足轻重的角色。包装设计师不仅需要对视觉传达和结构设计了如指掌，而且还要涉猎营销、财务、社会学、心理学、经济学和国际贸易等方面的知识。

纵观历史，包装设计的发展始于人们的需求。历经社会变迁、市场竞争、历史事件、生活方式的转换和各种发现及发明所带来的突破推进，影响包装设计发展的因素是复杂的、多元的。而且这些多样因素仍将继续对包装设计学科及其专业的发展带来深刻影响，如图 1-47 所示。

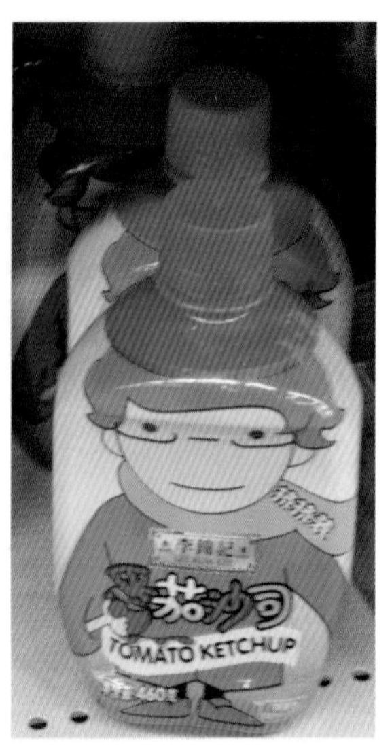

图 1-47

2. 环保型包装的发展

20世纪90年代，出现了追究可持续发展的“绿色主义”的新观念。例如，“黛兹”清洁剂的包装设计就是这种观念的代表（见图1-48）。节省自然资源，保护生态环境，减少环境污染，已成为21世纪包装设计的新导向。

图 1-48

人类早期的经济高速发展是以毫无顾忌地掠夺自然资源为代价的，其结果造成环境恶化、自然灾害频发、气候异常等现象，直接威胁人类的生存。商品包装被有些人称作“垃圾文化”，就是因为它造成了大量污染环境的垃圾。如今，人们开始研制“环保型”的包装及包装替代材料，促进了废旧包装的回收和利用并形成了新的产业。现在，具有回收标记的包装在欧美市场上已经占绝大部分。第一个环保标准ISO 14001于1996年1月正式在全球施行。

再者，除了环境污染以外，过度包装也给人们带来很大困扰。贸易全球化要求包装产业最大限度地追求效率，并最小限度地产生废弃物。历史上很多商人出于商业目的，采用不正当的手段制作夸大包装或虚假包装蒙骗消费者，现在，大多数国家都有了限制过度包装的法律法规。在新产品的开发过程中，设计师在设计阶段必须考虑到包装的寿命，要把重点放在保护商品上，并且最小限度地使用材料（见图1-49）。设计者还应考虑到自己的“设计作品”的回收及再利用问题，以及设计用材之间的合理组合（见图1-50）。

图 1-49

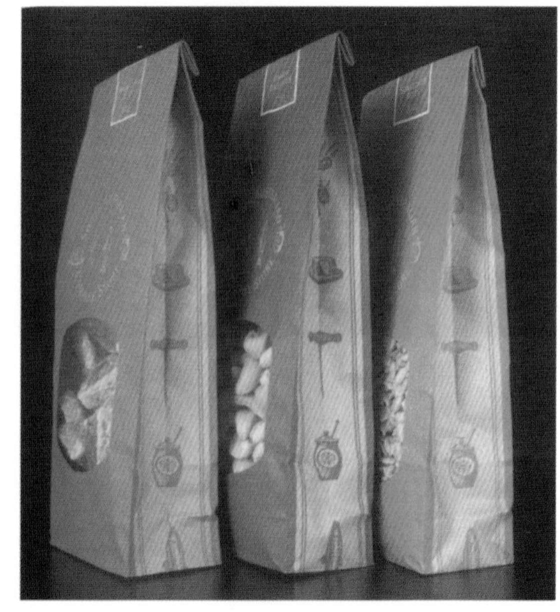

图 1-50

当然，解决包装的环境污染问题仅仅靠设计环节是不够的。要解决这个问题，首先，要依靠国家出台和完善相关的法律、法规；其次，要注重培养全民环保意识；最后，要提高垃圾回收处理技术。

1.3　包装的功能和分类

1.3.1　包装的功能

我国在国家标准《包装通用术语》中，将包装定义为：在流通过程中为保护产品、方便储运、促进销售而按一定技术方法对所使用的容器、材料及辅助材料施加一定技术的操作活动。英国规格协会对包装的定义是为货物的存储、运输、销售而做的技术、科学、艺术的准备活动。美国包装协会对包装的定义是：使用适当的材料、容器，配合适当的技术，使其能让产品安全地到达目的地，并以最低的成本，为商品的运输、存储和销售而实施的准备活动。

随着时代的发展，包装所被赋予的功能会不断增加，不过有两点是最基本的：一是包装上所承载的信息内容，包括文字、色彩、图形、形态等（见图 1-51）；二是对内装物的形态和性质起到保护的作用（见图 1-52）。今天比较权威的说法，一般把包装的功能归纳为以下四类：保护功能、便利功能、商业功能和心理功能。

图　1-51

图　1-52

1．保护功能

包装的保护功能主要体现在保护商品上，这也是包装的最基本功能。一件商品要经过多次流通，才能走进商场或其他销售场所，最终到达消费者手中，这期间需要经过装卸、运输、库存、陈列、销售等环节，在储运过程中有很多外因，如撞击、潮湿、光线、气体、细菌等，都会威胁到商品的安全。因此，包装必须保证商品不受各种外力损伤，方便运输装卸、仓储陈列、生产加工、包装废弃物的处理也是包装物理功能的重要体现。另外，如一些食品、啤酒、饮料等，还要考虑到避光、真空保鲜、冷藏、防腐蚀等措施，一些特殊商品更要考虑到防菌、防辐射或防挥发等因素。像下面所提到的一些保护性内容，作为包装设计人员应该充分了解并结合具体的行业标准来进行设计（见图 1-53）。

图　1-53

(1) 防止振动、冲击。产品在公路、铁路、飞机、船舶等运输过程中会产生振动。此外在装卸、搬运过程中为提高效益，会将货物堆积码放，这时下面的货物就要承受上面货物的重量，这就要求包装自身具有一定的防外力冲击能力和承重强度（见图 1-54）。

图 1-54

(2) 防水防潮。一般的防水，主要指产品在搬运途中不被雨水侵袭。此外，空气的温度对包装也会产生相当复杂的影响。由于湿度的变化和地域气候差异，尤其是食品类，较大的湿度会导致商品的腐化变质（见图 1-55）。

图 1-55

(3) 防止温度的高低变化。温度的急剧变化，会造成包装和产品变形、干裂、破损，同时也会使包装材料的含水量随之产生变化，这也是影响包装和产品品质的重要原因（见图 1-56）。

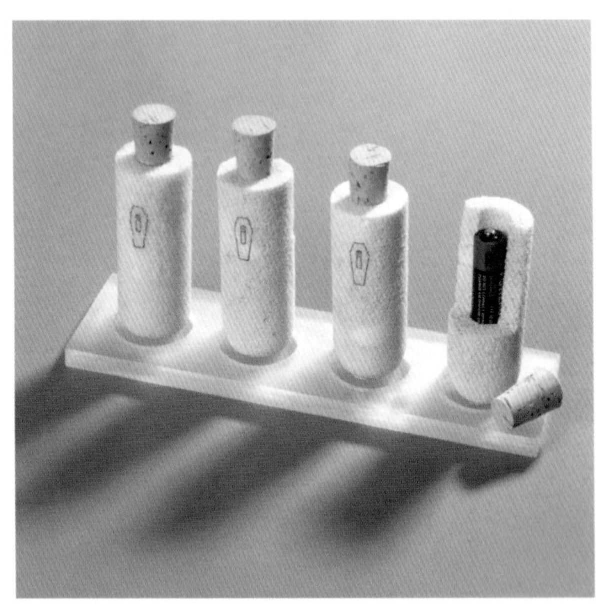

图 1-56

(4) 防光线和防辐射。很多商品具有不适于光照、紫外线、红外线等放射线直射的特点，比如感光材料、化妆品、药品、碳酸饮料和啤酒等。啤酒瓶大多采用深色瓶，目的就是为了减少光照程度，延长保质期。

(5) 防止与空气、环境的接触。有些商品如食品、药品中的液态剂等（见图 1-57），与空气接触会加速产品的变质，所以这些产品往往采用密闭性好的材料，或抽真空的方法来起到隔绝空气的作用。

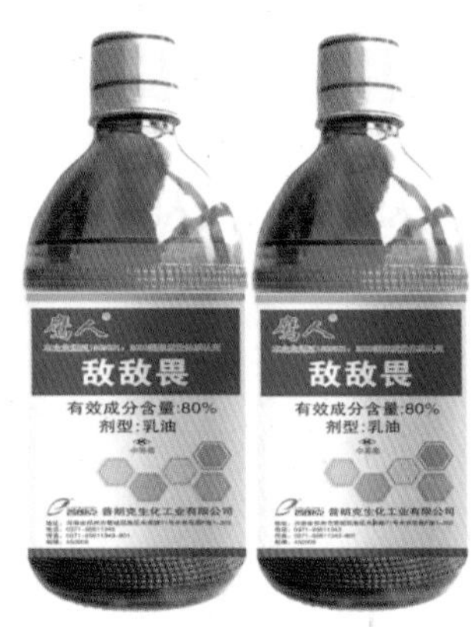

图 1-57

除了以上这些以外，像防虫害、防挥发、防酸碱腐蚀等许多方面因素都应根据产品的实际要求来考虑。这就要求设计师对材料有充分的掌握，什么样的材料和包装方式会起到什么样的保护效果。另外，为了加强保护性可以考虑材料的综合使用，像使用发泡材料、海绵、纸屑等填充物以起到固定产品的作用，如图 1-58 和图 1-59 所示；中药丸采用封蜡包装可以起到防潮、密封的作用等（见图 1-60）。

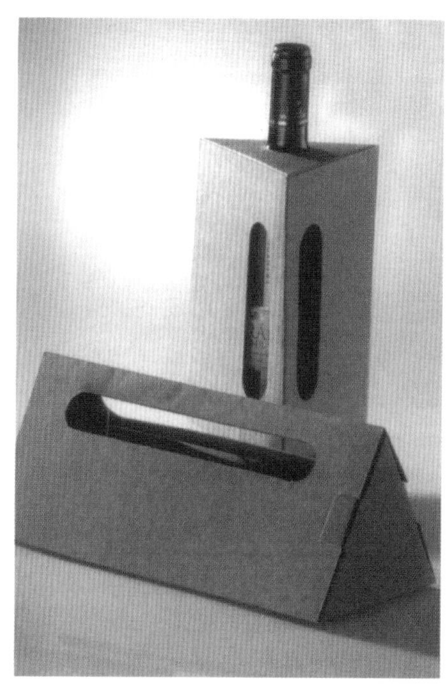

图 1-58

图 1-59

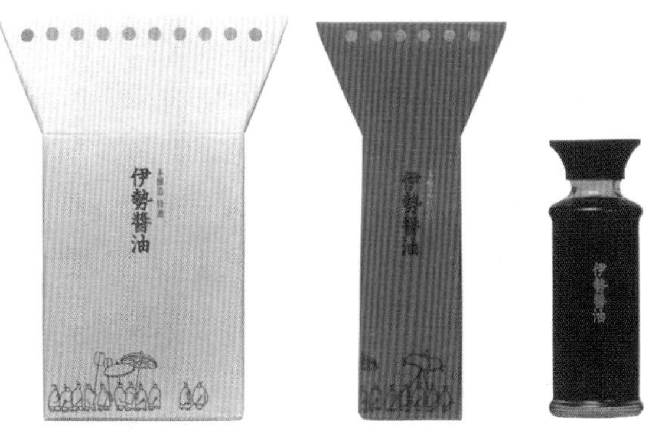

图 1-60

2. 便利功能

包装从生产商到消费者手中，直到它的废弃回收，无论从生产者、仓储运输者、代理销售者还是消费者的立场上来看，都应该体现出包装所带来的便利（见图 1-61）。

图 1-61

(1) 生产制造者的便利性。包装的生产、加工工序是否简单和易操作、适合机器大规模生产；空置包装能否折叠压平以节省空间；开包、验收、再封包的程序是否简便易行；包装可否便于回收再利用以降低成本（见图 1-62）。

(2) 仓储运输者的便利性。保管和搬运方便、规格统一、空间占据量合理、装载效率高；在仓储和搬运过程中包装的尺寸及形状是否能配合运输、堆码的机械设备；另外包装上商品名、规格、各种标志应有较强的识别性，以便于高效率的操作（见图 1-63）。

图 1-62

图 1-63

(3) 代理销售者的便利。主要体现在搬运及保管容易，识别性强、陈列简单易行，展示宣传效果好，展示及销售时开启和封闭方便（见图1-64）。

图 1-64

(4) 消费者的便利性。主要体现在使用的安全和便利上，优秀的包装应该是符合人体工学结构，方便消费者开启、收藏、携带和使用的，而且包装的设计对使用者应该是绝对安全的。包装的生理功能还体现在商品的易识别性和品牌的易记性方面，便利性也属于产品的基本要求，集中体现在消费者使用上的方便，比如易拉罐的开口方式，既保鲜又方便（见图1-65）；茶叶、药品、食品等商品不能一次性使用完，就要考虑到包装的重复开启闭合的多次使用（见图1-66）；小家电、组装饮料等商品有一定的重量，就要考虑采用手提式的包装结构以便于消费者携带。

图 1-65

图 1-66

3. 商业功能

包装的商业功能主要体现在它能够促进商品的销售，起着“无声的推销员”的作用。一般来说，包装的商业性由两方面体现，一是以独特美观适用的外形结构来吸引消费者，通常称其为造型设计（见图1-67）。另外，包装也是指通过图形、色彩、文字的吸引力、说服力来吸引顾客，通常

称其为视觉设计（见图 1-68）。作为设计者，对包装的形式、结构、图案、色彩和文字等设计要素应该具有充分的表现能力，什么样的图形和结构设计能够传达出什么样的情感，什么样的色彩搭配能更适合商品本身的属性和气质，这些共同构成了在销售中起决定性作用的形象力，如图 1-69 所示。

图　1-67

图　1-68

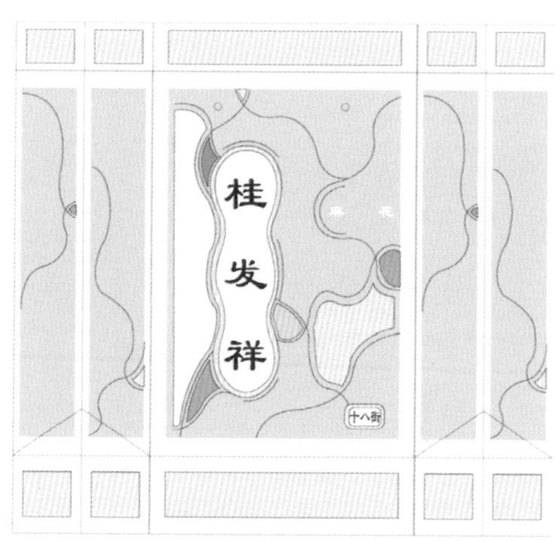

图　1-69

在包装设计时，正确把握商品的诉求点可以充分表现出其商业功能，起到引导消费行为的作用。以下几点是形成消费者对商品印象的基本要素。

(1) 外观的诉求。商品的外形、尺寸、造型设计风格（见图 1-70）。

图　1-70

(2) 经济性诉求。价格、形状、容量、质量等（见图 1-71）。

图　1-71

(3) 安全性诉求。说明标注、成分、色彩、信誉度（见图 1-72）。

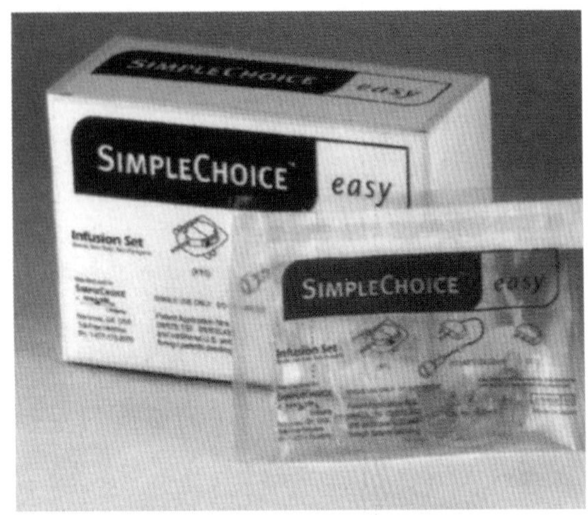

图 1-72

(4) 品质感诉求。醒目、积极感、时尚性（见图 1-73）。

图 1-73

(5) 特殊性诉求。个性化、流行性（见图 1-74）。

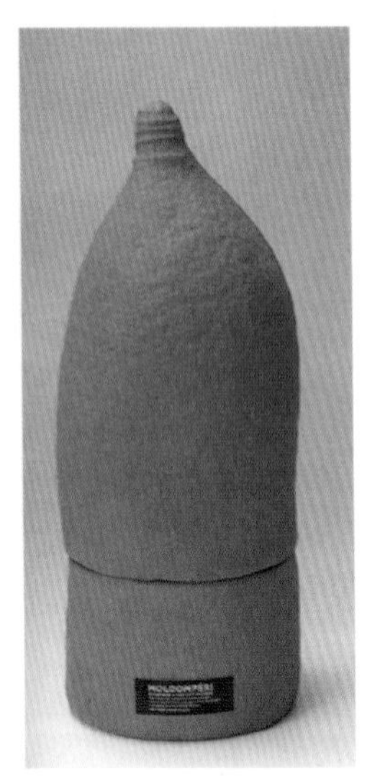

图 1-74

(6) 所属性诉求。性别、职业、年龄、收入等。

总之，一件具有吸引力的包装应该有这样一些特征，有吸引人的形态、外观和色彩，使用方便，保护性好，便于携带。由包装上就能充分了解商品内容及使用方法等信息，品牌形象和企业形象突出，并具有时尚感和文化特征（见图 1-75）。

图 1-75

4. 心理功能

在满足产品的基本要求之后，包装的重要性更多地体现在心理功能上。现代包装一个最重要的目的就是促进商品销售，面对同质化商品竞争激烈的形势，包装功能更要侧重于销售功能及品牌形象的提升。要想让产品从琳琅满目的货架中跳出，包装不仅要给产品一件即安全又漂亮的外衣，更需要给予消费者视觉愉悦以及超值的心理感受，才能达到“包装是无声的推销员”的目标。包装的心理功能还体现在对企业文化形象、产品品牌内涵的增强，反映企业精神和文化精髓（见图 1-76）等方面。

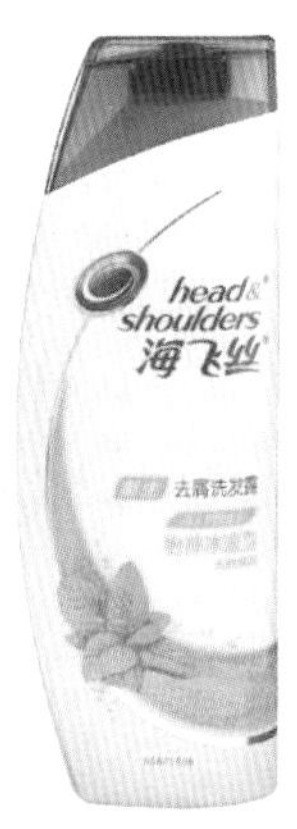

图　1-76

现代消费者的消费心理已经相当成熟，市场已经进入了个性化消费的时代，商品的品质和个性成为消费者的首选。包装设计也随之更趋向个性化，向突出商品品质、品牌形象的方向发展（见图 1-77）。

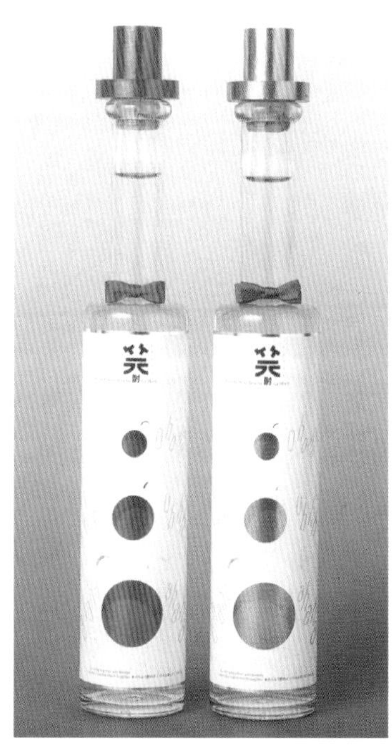

图　1-77

消费者长期以来对商品类别的视觉印象已经形成了比较固定的认识，比如说源自商品本身特征的商品形象色，棕色代表着茶，绿色代表着蔬菜，黄色代表着黄油和蛋黄酱，咖啡色则取自于咖啡。有的则是一种心理定势，比如颜色与味觉的心理关系。消费者的这种心理定势对包装设计产生着很大的影响（见图 1-78）。

图　1-78

1.3.2 包装的类别

包装可以从不同角度进行分类，如按产品内容、产品性质、包装形状、包装技术、包装形状和包装风格这几方面分类。

1. 按产品内容分类

按产品内容分类，包装包括日用品类、食品类、烟酒类、化妆品类、医药类、文体类、工艺品类、化学品类、五金家电类、纺织品类、儿童玩具类、土特产类等，如图 1-79 所示。

图 1-79

2. 按产品性质分类

按产品性质分类，包装包括销售包装、储运包装、特殊用品包装等。销售包装又称商业包装，直接面向消费者，可分为内销包装、外销包装、礼品包装、经济包装等（见图 1-80）。

图 1-80

储运包装是以商品的储存或运输为目的的包装，主要在厂家与分销商、卖场之间流通，便于产品搬运与计数。

特殊用品包装是指军需用品等特别用途的包装。

3. 按包装形状分类

按形状分类，包装分为内包装、单个包装、外包装。

(1) 内包装：是指与内装物直接接触的包装，它的主要功能是归纳内装物的形态、保护商品，按照内装物的需要起到防水、防潮、避光、保质、防变形、防辐射等各种保护，提供消费者在使用上的便利。例如巧克力的包装，打开单个包装后，产品外的铝箔纸包装就是内包装，它对内装物起到保护、保存的作用，以使巧克力不会受潮或受光照影响而溶化（见图 1-81）。

图 1-81

(2) 单个包装：也叫销售包装，它的主要功能是配合销售，通过包装设计、说明介绍等宣传商品，在销售环节吸引消费者并同时起到保护商品的作用（见图 1-82）。

图 1-82

(3) 外包装：也称大包装、运输包装，它的主要功能是用来保障产品在流通过程中的安全，并便于装卸、储存保管和运输。由于外包装不承担促销的功能，所以在包装上只是为了便于流通过程的操作而标注上产品的品名、内容物、性质、数量、体积、放置方法和注意事项等内容（见图 1-83）。

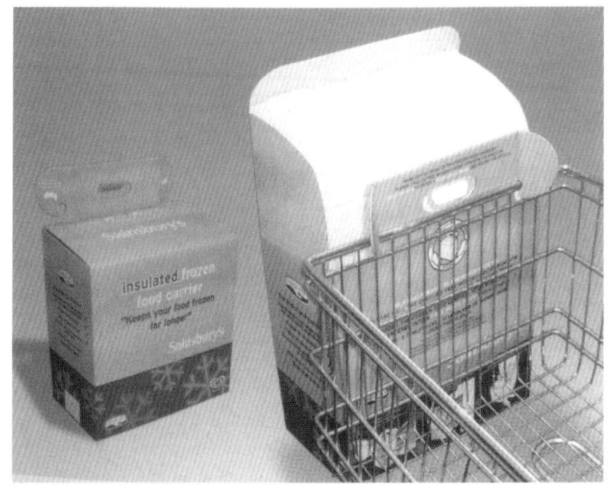

图 1-83

由于包装方式及商品本身形态的多样性，实际上许多包装并不一定符合上述的分类法，比如洗发液的包装就是内包装和单个包装统一的包装形式；而一些大件商品，如家电产品包装则大多采用单个包装与外包装相结合的方式。

4. 按包装材料分类

不同的商品，考虑到它的运输过程与展示效果，所用包装材料也不尽相同。如按包装材料分类，可分为纸包装、金属包装、玻璃包装、木包装、陶瓷包装、塑料包装、棉麻包装、布包装等（见图 1-84）。

图 1-84

5. 按包装技术分类

按包装技术分类，包装包括防水包装、缓冲包装、真空包装、压缩包装、通风包装等（见图 1-85）。

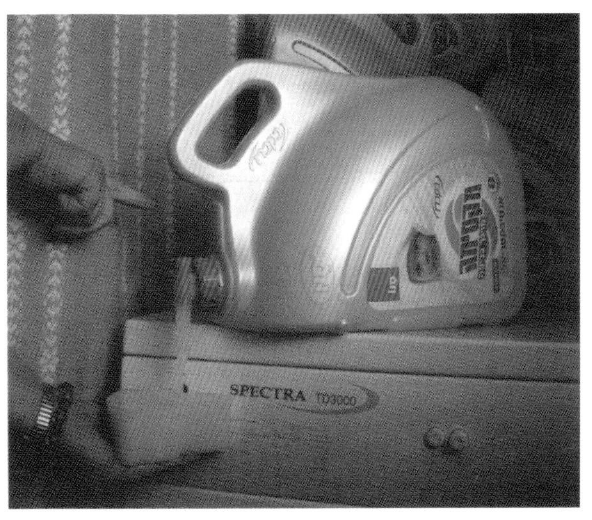

图 1-85

6．按包装风格分类

按包装风格分类，包装可分为传统包装、怀旧包装、情调包装、卡通包装等（见图 1-86）。

图 1-86

思考题：

1. 你认为包装最重要功能是什么？古代包装和现代包装有什么区别？
2. 我国传统的包装材料有哪些？特点是什么？

第 2 章 包装设计方法

2.1 市场调研

一个完整的包装设计流程应该包括：设计准备阶段、设计展开阶段和设计制作阶段。设计准备阶段是指对要包装的商品特点、品牌形象、消费者的心理需求以及商品的文化特质等方面进行定位，完成设计构思。设计展开阶段是指采用科学的方法，运用各种技术手段，通过具体的设计形式来表现商品内容，并传达出包装的文化品位。设计制作阶段是指采用某些材料，以合理的制作工艺完成设计。

2.1.1 调研和分析

第一，在包装设计之前的调研工作是非常重要的。通过调研了解相关企业的文化理念，了解公司的发展状况和营销战略，了解产品的特性、使用工艺、适用人群以及消费者地区等多方面的信息。第二，对信息进行研究分析，了解产品自身与同行业产品包装的现状，目的是明确产品的优点、特色和不足。第三，还要了解同行业产品的设计特点和货架的展示效果。第四，了解消费者对产品的需求和意愿，力争得到最有效的消费反馈。

1．产品内容

(1) 设计者首先要了解产品的外形特征、体积、重量以及属于哪种材质，是否会变质，是否容易受潮，是否害怕受光或发生化学反应等。

(2) 了解该产品是属于哪一类型的，是食品、化妆品、五金产品，还是文化用品等，并了解它的档次，是属高级礼品档次，还是属中、低档次。

(3) 要了解产品的包装容量和价格定位以及该企业的发展状况、产品知名度，与同类产品比较有何优点、缺点和特点等，是新产品推出还是改装老产品等。如“莎菲娅”牌压缩覆膜化妆棉，可用于卸妆、洁肤及涂化妆水或去除指甲油，亦适用于个人和婴儿护理（见图 2-1）；该商品包装如图 2-2 所示。

图 2-1

图 2-2

2．消费者

针对消费者需调查的项目有：年龄、性别、职业、种族、国籍、宗教、收入、教育、居所、购买力、社会地位、家庭结构、购买习惯、品牌忠实度等，可按需要选择相应的调查项目。调查的方法分为直接调查与间接调查。直接调查可在卖场开调查会、对消费者个别专访等，间接调查有营业员反映情况、供销人员提供信息、填调查表等。

3．销售地点

产品的销售地点，从大范围上可划分为国外、国内、城市、乡村、民族地区等，从小范围上可划分为批发、零售、超级市场、普通商场等。

这些情况的收集和了解是成功设计的开始，而获取这些资料就必须进行市场调研的活动，所以说市场调研是设计活动的前提条件。

2.1.2　确定市场调研目的

根据产品与包装营销方面的性质来确定市场调研的目的，这就需要以相关市场的潜力、产品包装推出成功的可能性为目的进行调研；有的企业只是对已有产品包装进行改良或扩展，那就要以为什么要进行改良，以及改良的方向、方法与成功的可能性为调研目的。

2.1.3　选定市场调研对象与内容

选取调研对象时，一般采取抽样的方式，根据产品的性质、功能及特点，在将来可能的消费群中选取一定的人员进行调研。

进行市场调研时应根据产品、市场特点、经费及其他方面的情况，确定和设计相关的调研条目。调研内容一般包括：① 市场的基本情况，如市场的特点与潜力、竞争对手与产品等方面；② 消费者的基本情况，如消费者的年龄、经济收入、文化教育等方面；③ 市场相关产品与自身产品的基本情况，包括品牌形象与知名度、好感度、信任度，产品的价格、质量、销售方式，包装的优劣等方面。如表 2-1 所示为两家化妆棉企业情况的比较，图 2-3 和图 2-4 为两家的产品包装。

表 2-1

竞争对手	公司情况
宁波皓婷生活用品有限公司	宁波皓婷生活用品有限公司系一家专业生产化妆棉、棉签等一次性卫生棉制品的企业。公司采用全套自动化生产设备，产品质量居全国领先。公司从业人员拥有八年以上的化妆棉生产研发经验，具有强大的产品开发能力，为客户提供各种个性化服务，确保客户利益的最大化 公司年产化妆棉 300 吨、棉签 400 吨、棉球 100 吨 公司以经营“皓婷”化妆棉系列产品为主，同时承担 OEM 项目和外销订单。 公司秉承“天地以不自生而长生”的经营理念，愿与您同享美好人生
宁波丝诺化妆棉有限公司	宁波丝诺化妆棉有限公司成立于 1995 年 11 月，为国内首家专业生产化妆棉、面膜棉等女性化妆护理辅助用品的企业，公司率先在国内同行业中通过 ISO9001—2000 认证 “丝诺”（SHINO）系列产品——化妆棉、面膜棉、棉签、吸油面纸等产品的销售网点不仅遍及全国二十几个大中城市，而且批量出口到欧洲、日本等地，拥有稳定的消费群体，是众多消费者的首选品牌。同时承担 OEM 项目和外销订单

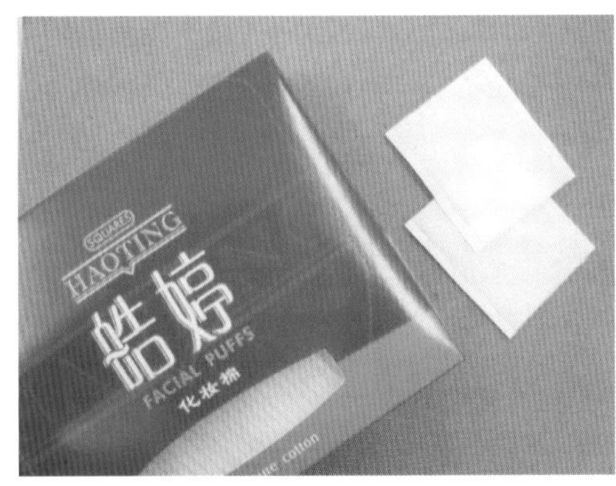

图 2-3

图 2-4

由于企业推出产品的地点与时间各有不同，加上市场情况多变，所以调研内容本身也应有其灵活性，要具体问题具体分析。

2.1.4 实施市场调研

对包装设计师来讲，最常见的调研方法是设计一种特定的调研问卷，在选定的消费群中进行问答式或填表式调研。从理论上讲，调查的人数越多，调研的结果就越具有客观性。同时，包装设计师本人也可以采取主观观察的方法进行调研，这主要是从设计的角度对包装在市场上的情况，包括竞争对象、销售环境等方面进行研究观察并搜集资料。

2.1.5 市场调研总结

根据市场调研及包装设计师多方面搜集到的产品包装设计所涉及的市场、消费者等方面的信息，设计师需要在此基础上对调研进行消化总结，并根据需要写出调研报告。如在化妆棉包装设计案例中，通过调研我们对该产品的定位是：女性化妆用品及皮肤护理的优质产品。设计思路是：时尚、优雅、女性化。

2.2 设计定位

现代社会的消费行为日趋个性化、营销手段日趋多样化，包装设计已从以往的保护、美化、促销等基本功能演变为更加侧重个性化的表现以及多视角的视觉表现等特点。现代包装设计的定位通常是通过品牌、产品和消费者这三个基本因素体现出来的。

包装设计的定位是指根据商品本身的特性、销售策划目标及市场情况所制定的战略规划，传达给消费者一个明确的销售概念。通常设计策划部门整合出详细的营销策划后，设计实施部门对其进行理解分析，规划出视觉表现上的切入点，并尽可能多地从不同的角度来进行创意表现，最终选择出最佳的设计方案。如图 2-5 ~ 图 2-7 所示。

图 2-5

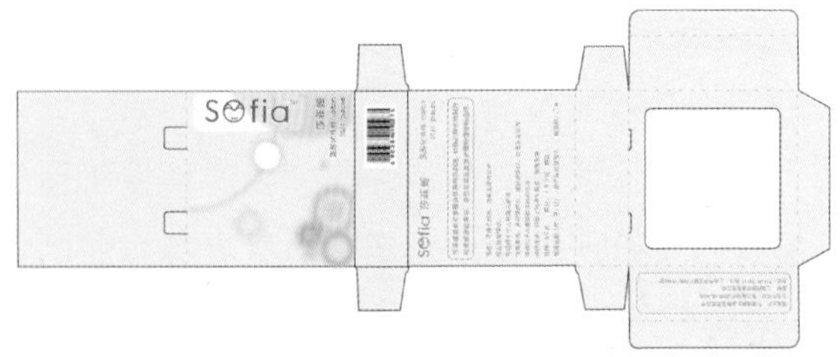

图 2-6

图 2-7

作为新时代的包装设计师，要赋予包装新的设计理念，须了解社会、了解企业、了解商品、了解消费者，才能做出准确的设计定位。包装设计的定位思想是一种具有战略眼光的设计指导方针。定位不明确就没有目的性、针对性，就没有目标受众，商品也就销售不出去，这也就失去了包装设计的促销意义。

设计界流行的 5W 设计思想是一个设计定位指标，即：什么东西 (What)（指设计首先得告诉消费者，这是什么商品）？为谁设计的 (Who)（指这种商品的销售对象）？什么时间 (When) 及什么地点 (Where)（指的是商品的时空定位）？为什么 (Why)（指的是设计师为什么用这样的视觉形象做设计）？是很有价值的定位思想。

2.2.1 品牌定位

产品一旦成为知名品牌，就会给企业带来巨大的无形资产和形象力，给消费者带来质量的保障和消费的信心。品牌定位的特点就是在包装设计上突出品牌的视觉形象。在设计品牌时，设计者通常要制定出几种固定的色彩组合，成为企业产品中的"形象色"，给消费者以强烈的视觉印象。如 "柯达黄"（见图 2-8）、"百事可乐蓝"等（见图 2-9），都已具备了强烈的视觉吸引力。设计也要突出品牌的图形，包括摄影形象、卡通造型、图形符号等。在包装设计中以发挥主要图形的表现力为主，使消费者在印象中产生图形与产品本身的联想，有利于体现产品宣传的形象性和生动性。包装设计还要突出品牌的字体形象。品牌的字体形象由于其可读性和形式特点，成为突出品牌个性的重要表现元素之一，像惠普的标志字体 HP（见图 2-10）、IBM（见图 2-11）的品牌字体，"麦当劳"的 M 字母形象等（见图 2-12）。

图 2-8

图 2-9

图 2-10

图 2-11

图 2-12

2.2.2 产品定位

产品定位体现了包装设计形式与内容的统一，使消费者快速地通过包装形态对商品的特点、用途、功效、档次等有直观的了解。

1. 产品特色定位

在与同类产品相比较而得出的差别作为设计的一个焦点。这种差别也就是产品本身的特色，它对目标消费群体具有直接、特别的吸引力。如对于喜欢简洁大方的消费者来说，在包装上使用简洁直观的方式表现产品信息（见图 2-13），会促使这些消费者产生直接的购买动机。

图 2-13

2. 产品功能定位

产品功能定位就是将产品的功能和作用传达给消费者，以吸引目标消费群。如在化妆品包装中运用与使用效果有关的身体部位的图形，可以使消费者迅速了解产品的功能、作用。如化妆品包装中优美女人脸线条元素的应用（见图 2-14）。

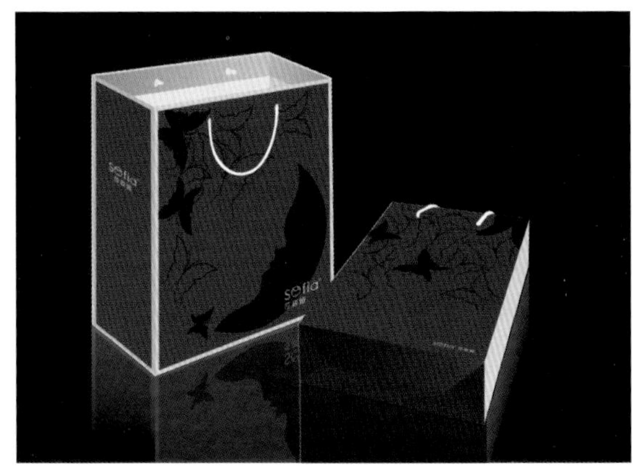

图 2-14

3. 产品产地定位

某些产品的原材料由于产地的不同而产生了品质上的差异，因此突出产地就成了一种品质的保证。

4. 传统特色定位

在包装上突出对传统文化特色的表现。对于传统商品、地方传统特色商品和旅游工艺品等的包装，这种定位有非常强烈的表现力，在具体表现上还应注意传统特色与现代消费心理的有机结合（见图 2-15）。

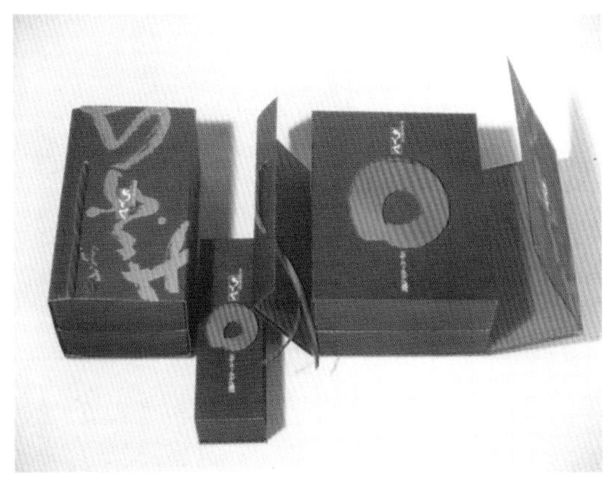

图 2-15

5．产品档次定位

根据产品营销策略的不同和用途上的区别，每一类产品都有不同档次。日用品包装设计与礼品包装设计就有明显的区别。在包装设计上准确地体现出产品的档次，表现用途不同，才能抓住目标消费者。如两种不同档次定位的包装设计，如图 2-16 和图 2-17 所示。

图 2-16

图 2-17

2.2.3 消费者定位

只有充分了解目标消费群的喜好和消费特点，包装设计才能体现出针对性和销售力，消费者也容易对它产生亲近感。

1．地域区别定位

可根据地域的不同，如城市与乡镇、内地与少数民族地区、不同的国家和种族等，结合消费者的风俗习惯、民族特点和喜好，如日本设计大师秋月繁的包装设计如图 2-18 所示。

图 2-18

2. 生活方式定位

针对不同的文化背景、年龄层次、职业特征、地域特色的消费者所具有的不同生活方式、消费观念、审美标准以及对待时尚文化的态度等，在包装设计中必须有足够的重视和体现。下面给出四种不同风格包装设计的对比，如图 2-19 ～图 2-22 所示。

图 2-19

图 2-20

图 2-21

图 2-22

3. 生理特点定位

因消费者具有不同的生理特点和要求，对产品有着不同的需求。设计者应该考虑到目标消费者的生理特点和生理需求，在设计中体现出产品的特性。如减肥茶包装设计（见图 2-23）和降糖茶包装设计（见图 2-24）。

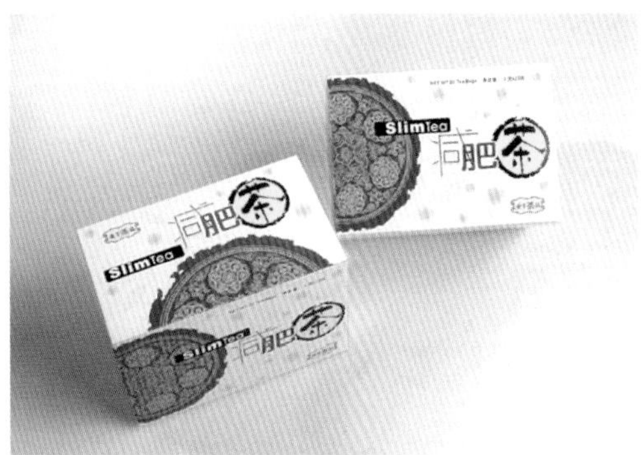

图 2-23

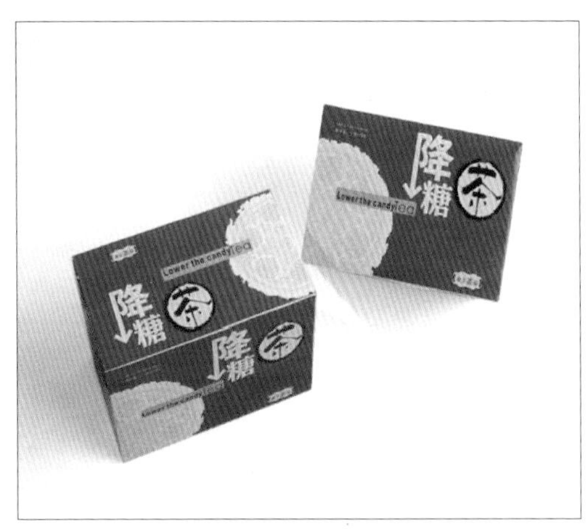

图 2-24

产品和市场的具体情况千差万别，对于设计的定位还可以不同角度的方法。另外，不同的设计定位往往在一件包装设计中会有复合的表现，但应该有明确主次关系，在突出主题的前提下表现丰富的相关内容。

2.3 设计流程

2.3.1 包装设计项目的确定

设计师在接受设计项目时，应明确开发目标、具体的消费市场、商品的属性及特点、销售的目标价格、销售方法、推出市场的日期等。

总体策划：通过分析和总结调查的内容，明确设计目标和条件，正确使用配套包装的生产工艺，然后把资料汇总以图表方式列出要点，经过研讨后确立设计的视觉目标。

2.3.2 设计方案的实施

1. 制定设计方案

查找资料，找出创新的突破口，在包装的“新”和“美”上下工夫，提出不同的可行性的方案，预测潜在的市场，掌握消费者的消费心理及新潮流趋势。设计师不仅要考虑产品自身的使用、审美和销售功能，还要赋予产品特定文化魅力。

方案的制订需要考虑多重元素，形象是否符合物品本身的特性，设计元素是否符合当代视觉感受，视觉元素还要考虑消费者心理和节奏等，如图 2-25 和图 2-26 所示。

图 2-25

图 2-26

2. 设计展开

这是商品包装设计中的主要环节，通过构思初步确定包装的构图形式、图形及色彩的表现等，使方案具体化。依据设计元素展开联想勾画草图。一种产品的包装草图如图 2-27 和图 2-28 所示。

图 2-27

图 2-28

3. 设计方案的确定

对设计方案进行仔细斟酌，并从众多草图中即初稿中选出可行性的方案，制作出模型或者利用计算机辅助构思，制作出逼真的效果图，以供共同研究，确定实施方案，如图 2-29 ~ 图 2-32 所示。

图 2-29

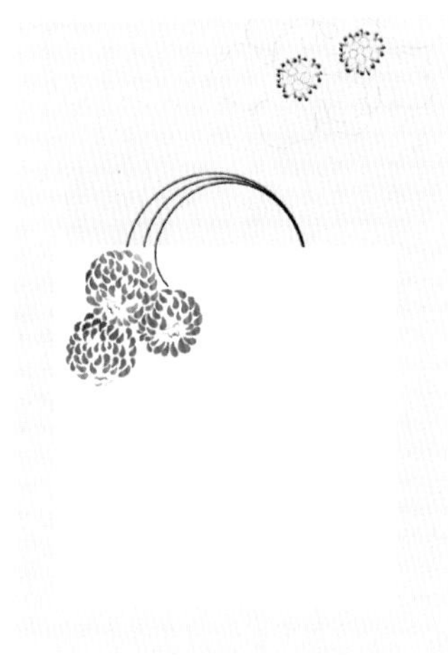

图 2-30

图 2-31

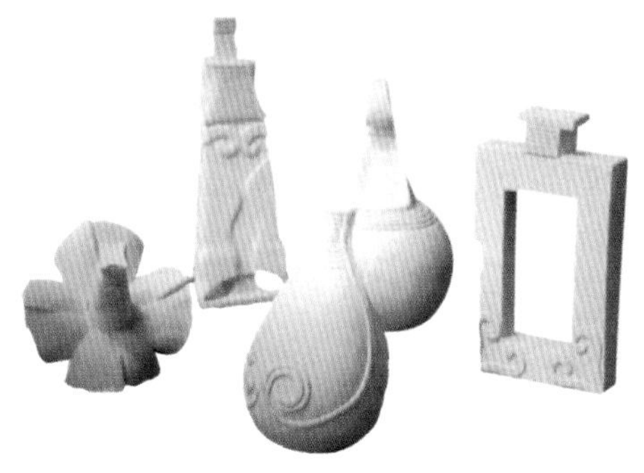

图 2-32

4．设计表现

当设计方案确定后，接下来就要考虑采取什么样的表现形式和风格，通常有以下几种表现方法。

(1) 用不同的形式表现商品的形象，创造新的视觉效果，如摄影图片、卡通画、插画、图形、符号、水粉、水彩、中国画、素描等形式。

(2) 点、线、面的抽象图形、装饰画、剪纸、印染等。

以上几种表现方法如图 2-33 ～图 2-46 所示。

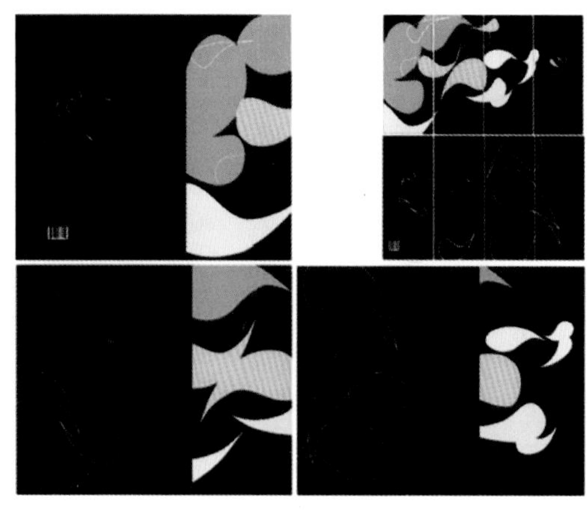

图 2-33

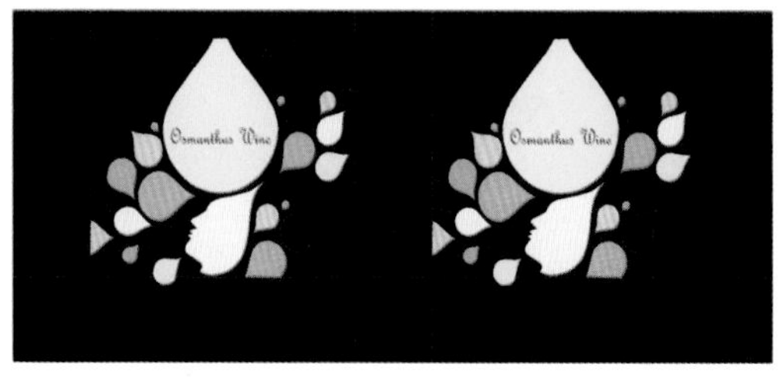

图 2-34

图 2-35

图 2-36

图 2-37

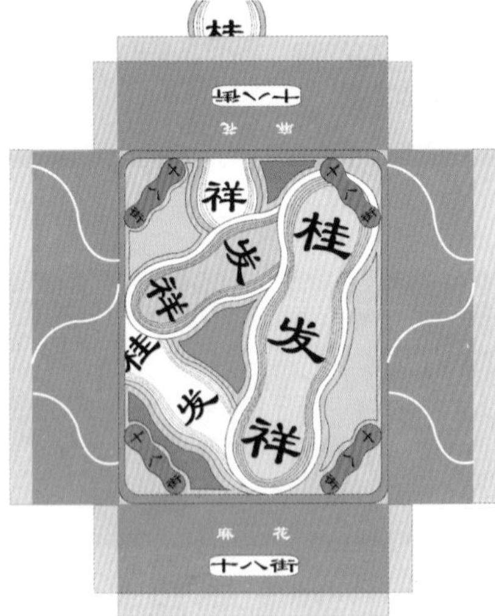

图 2-38

图 2-39

图 2-40

图 2-41

图 2-42

图 2-43

图 2-44

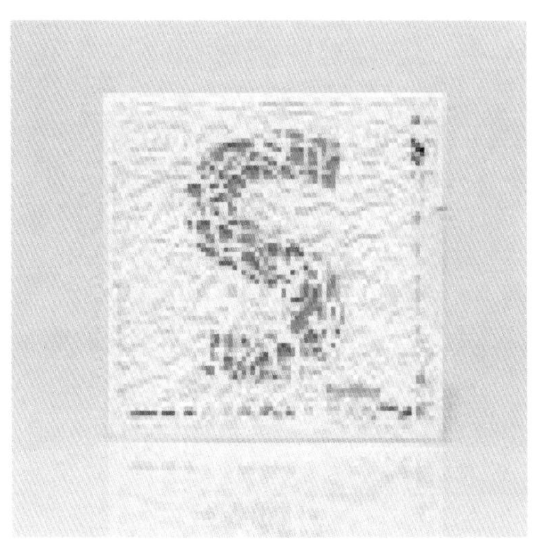

图 2-45

图 2-46

5．方案的实施

在商品包装过程中，包装设计的艺术表现是准确有效地传递商品信息、美化商品、满足消费者的审美需求、促进销售、提高商品附加值、创造经济效益的一个重要环节。艺术表现的内容包括文字、图形、色彩、编排等视觉传达元素。在确定包装的整体个性与风格品位的基础上，根据产品的特点与市场导向，从传达商品信息并促进销售的角度进行分析，通过合理构图、巧妙运用色彩以及采用印刷工艺等设计手段，与立体造型相呼应，形成统一协调的包装整体。设计的重点在于如何编排、设计文字，合理运用图形和色彩，做到商品的外观造型与商品本身和谐统一，进而提高商品的附加值。要研究包装的艺术设计，我们首先应当跳出包装概念上的限制，而应从平面构图、编排及色彩理论知识来解读包装艺术设计的规律，感受其艺术之美。

2.4 设计原则

在包装设计领域，必须根据每次设计任务的特殊目标具体制定基本设计原则。这些原则有助于确定在设计构图中的颜色、字体和图像的表现方法，从而在画面中创造出适当的平衡感、张力、比例效果和吸引力。通过这种方式，包装设计中的各种元素才能成为视觉传达中的有效部分。

2.4.1 目标原则

包装设计如何吸引消费者、为何吸引消费者，影响这些问题的变量因素不计其数。消费研究者们花费大量时间对这些变量进行分析。从设计的角度来看，有一些重要元素能够最大限度地引起消费者们的关注，进而在纷繁的销售环境中脱颖而出。最吸引注意力的四大元素：色彩、图形、符号和字体。服务于目标市场的包装设计应该具有以下特点。

- 体现该市场的文化背景；
- 信息传递准确；
- 富有视觉感染力；
- 符合产品特点和品牌形象。

包装信息内容完整，包括：品牌标志、品牌名称、产品名称、成分说明、净重、说明信息、到期日、危害、用法、用量、指导说明、可选种类、条形码等。主要视觉设计元素包括：色彩、图像、人物、图示、图形、照片（并非提供信息的）、符号（并非提供信息的）、图标等。

2.4.2 表现原则

能在视线中留下印象的包装可谓是醒目的包装，有高级趣味感觉的包装才能让人产生好感，人们有同感的包装具有更高的价值。醒目、理解、好感三个需要有机结合，既丰富又统一。

一个成功的包装，必须在醒目的同时又能使

人理解，给人以好感。设计师应该巧妙地解决这两对矛盾，三者的协调统一是需要注意的。如“可口可乐”，Zippo，“高露洁-colgate”等把商标名称进行独特的字体化处理，给人以强烈印象，可说是三者结合的典范，如图2-47～图2-53所示。

图 2-47

图 2-48

图 2-49

图 2-50

图 2-51

图 2-52

图 2-53

2.4.3 构图原则

构图是设计者实现设计意图的重要手段之一，就是将文字、色彩、图案诸要素进行合理、巧妙的组合，力求获得符合理想的表现形式，如图2-54和图2-55所示。

图　2-54

图　2-55

再者，不同类型的包装规格各异，结构的要求受到外形的限制，须考虑包装成型时的折口、出血和连续效果，这和染织图案设计的框架式构图是不同的，如图 2-56 和图 2-57 所示。

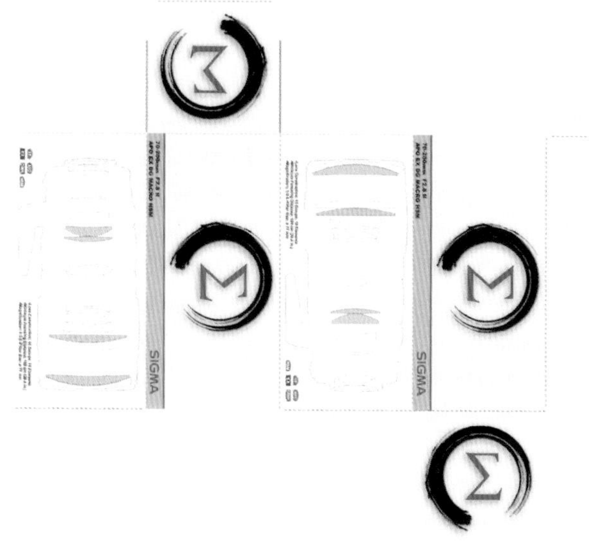

图　2-56

图　2-57

1．构图的基本要求

(1) 整体要求。包装上的产品名称、商标、图形、说明文字等，所有形象之间的位置、大小、角度、空间、节奏要求具有整体性。各要素的全面规划、精心布局、合理取舍是使构图达到一目了然的理想效果的关键（见图 2-58）。

图　2-58

(2) 主题突出。在构图时主要是通过图形、文字来表现的，在画面组成要素中，必有一个或一组起主要作用的形象，也就是包装主要展销面上的主要形象。在构图时应运用位置、色彩、排列、距离、重心、动势等手段来突出主要形象（见图 2-59）。

图 2-59

(3) 主次兼顾。突出主要部分，次要部分起衬托作用，其中呼应也是不可少的，要做到主次分明、各得其所，就像戏剧演出一样，光有角色，没有布景、音乐，是成不了气氛的。主次的协调是构图的技巧，处理的好坏是构图的关键。目前较流行的大特写、截断式手法都是强化主体和协调主次关系的好办法，如图 2-60 和图 2-61 所示。

图 2-60

图 2-61

思考题：

1. 为什么要进行市场调研？其主要内容有哪些？
2. 包装有哪些设计原则？

第3章 包装容器造型

容器是包装不可缺少的组成部分，容器的造型与使用目的有着直接的关联。在日常生活中，我们所用到的许多用品从商场里买回来后，除去纸盒的销售包装，里面的商品是由容器盛装的，或者容器本身就是销售包装，像酒类、化妆品、食品、调味品、洗涤用品等，如图3-1和图3-2所示。在所有容器当中，塑料、玻璃和金属等是最常见的容器包装材料。在容器造型设计中，要考虑到空间、造型、材料、触觉、商品特性以及审美等诸多因素，还要满足包装所起到的基本功能。容器造型格调的高低，线条优美与否，与产品精神、气质的配合是否恰当及其使用功能的优势，都会决定这个产品的销售成败。

图 3-1

图 3-2

3.1 包装容器造型的概念

包装作为从属于商品的物质实体，不可避免地会通过特定的材料、形态、结构显现出来。一般来讲，所有能够盛装物质的造型都可称为容器。所谓的包装造型，就是指各类物品经过包装之后所呈现的外观立体形态。包装的功能作用是以盛装、容纳、保护商品，方便流通与消费，促进销售，满足人们的物质与审美需求为目标的。因此，依据特定物品包装的实用和审美功能要求，采用一定的材料、结构和技术方法，塑造包装外观立体形态的活动过程，就是包装造型设计，其主要研究各类包装容器造型的基本规律与法则。

容器造型设计应遵循如下原则。

1．结合商品特性的原则

不同的商品有着不同的形态与特性，对于包装材料和造型的要求也不尽相同，因此需要有针对性地进行设计。比如具有腐蚀性的产品就不宜使用塑料容器，而最好使用性质稳定的玻璃容器。有些商品不宜受光线照射，如果长时间的照射会加速商品变质（如酒、药品等），这时就应该采用不透光材料或透光性差的材料，可使用有色玻璃、陶瓷或乳白色玻璃及不透明塑料，使用磨砂效果的玻璃容器能造成一种朦胧美感，又可以衬托出商品的高级典雅，身价非凡的感觉。又如香水，它的内容物色彩艳丽，又不怕光，为了展现其色彩、质感，应使用无色玻璃或设计成多棱角、多折射的水晶玻璃容器，增加内容物的高贵气质；还有像啤酒、碳酸类饮料产品，具有较强的气体膨胀压力，所以容器应采用圆柱体外形以利用膨胀力的均匀分散；而一些油脂等乳状黏稠性商品，如果酱、护肤用品等，开口要大，以便于使用。如图 3-3 ～图 3-6 所示。

2．对商品的保护性原则

容器对商品的保护性不仅仅体现在不受外力碰撞的物理性侵害，还应该体现在让商品避免化学性侵害，像许多液态药品的包装就要求严格的密闭性，不与空气接触。如香水等易挥发性商品的容器设计就要考虑到要尽量减小瓶口的尺寸（见图 3-7）。

图 3-3

图 3-4

图 3-5

图 3-6

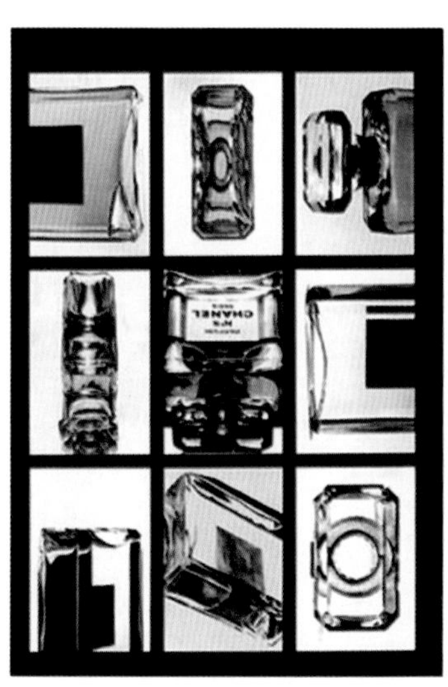

图 3-7

3．使用便利的原则

容器在消费者携带和使用的过程中应尽量体现出对人的关心，体现出便利性，这也是企业通过产品展现其经营文化理念和社会责任，树立企业形象的机会。在日常生活中，我们常会遇到很难开启的包装，相比之下，携带和开启方便的商品就会得到消费者的青睐。一个精心设计的小小装置虽然会增加少许成本，但却给消费者带来很大的便利，赢得了消费者的信任，自然就会产生效益。如图3-8和图3-9的调味品包装设计所示。

图 3-8

图 3-9

4．视觉与触觉美感兼顾

容器造型应该是具有美感的造型，像化妆品的容器通常没有过多的装饰图案，因此容器的造型形态与艺术个性就成了吸引消费者的主要方面。容器的造型性格与产品本身的特性应该是和谐统一的，比如女性用品容器造型上的优美曲线及韵律节奏感的表现，男性用品容器造型的直线、几何形、刚毅的视觉表现特征，儿童用品容器的可爱而活泼的造型等。另外，当商品拿在消费者手中时，其触觉也会给人带来审美感受，器物表面的光滑、细腻或是肌理起伏都传达出某些情绪与情感特征，肌理与视觉造型的和谐统一构成了完整的容器造型的美感特征，如图3-10和图3-11所示。

图 3-10

图 3-11

5．结合人体工学知识

容器设计的最终目的是为了人的使用方便，因此必须考虑到人在使用过程中手或其他身体部位与容器之间相互协调适应的关系，这种关系主要体现在设计尺度上。比如人类手的尺度是相对固定的，手在拿、开启、使用、倾倒、摇等运动过程中，容器造型如何能使得这些动作方便省力，就成了容器造型设计中尺寸把握的依据。有些容器根据手拿商品的位置在容器上设计了凹槽，或特别注意了磨砂或颗粒状肌理的运用，这些都方便手的拿握和开启。还有的小酒瓶，设计成了略带弧形的扁平状，非常适合放在后裤兜里，与人体结构相结合，携带非常方便，如图3-12和图3-13所示。

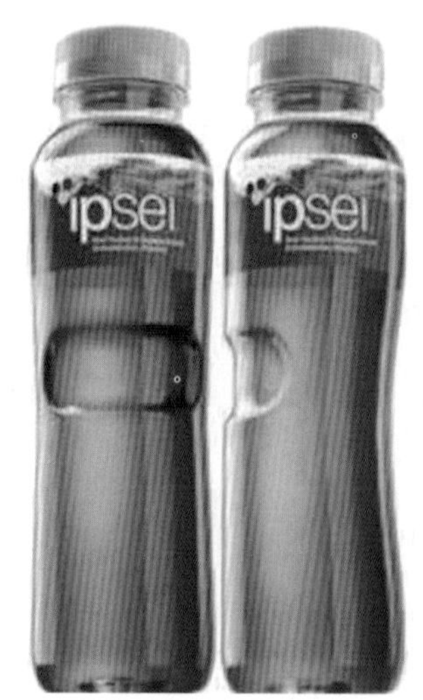

图 3-12

图 3-13

6．考虑工艺性

不同材料的容器加工工艺是不同的，有些材料的加工对造型有一定的要求，如果不考虑加工工艺的特点，可能一个很好的造型就生产不出来或者是大大增加了成本。因此在造型设计时应合理地设计每一根线条的起伏和转折，尽可能降低成本，以便适应大批量生产的需要（见图3-14）。

图 3-14

3.2　容器造型设计的分类

研究包装容器的分类，有助于设计者对包装的形态、功能、材料、技术等诸方面有一个初步的认识，对于规范不同包装种类的称谓也有一定的意义。目前，对此尚没有统一的标准，这里，我们仅从材料、用途、形态等不同角度加以描述。

1．从材料方面分类

从材料方面即每一种相同的材料构成一类。如木质、金属、玻璃、草制品、塑料、陶瓷制品等。玻璃、塑料、陶瓷等容器成型，是采用热熔性成型工艺或注浆与压膜成型，具有几何造型、模拟仿真造型多方面的灵活性，是一般的板材不可比拟的，从而有其特定的共同造型规律与优越性。但是，依靠模具成型的造型设计，其容器特点与成型工艺方式具有不可分割的关系，必须考虑造型生产的成型与脱模工艺特性。

2．从用途方面分类

从用途方面即每一种容器盛装的物品有所不同构成一类，如酒水类、化妆品类、食品类、药品类、化学实验类容器制品等。

3. 从形态方面分类

从形态方面即每一种容器造型有不同的称谓名称构成一类，如瓶、缸、罐、杯、盘、碗、桶、壶、盒等。

3.3 容器造型设计

包装设计属于平面视觉传达设计的范畴，而容器造型设计则是一个三维空间的立体造型设计，因此在设计的思维方法上也应该是多样式、多角度的。

3.3.1 容器造型设计的思维方法

1. 体面的起伏变化

造型的体量是指形体各部位的体积，在视觉上感到的分量。体量的对比对造型来讲是不可缺少的艺术手段，运用它恰到好处，可以突出形体主要部分的量感和形态特点，使其性格更加鲜明、耐人寻味。视觉角度的曲线起伏变化，纵深的变化可以加强审美愉悦感。不过在设计时应考虑到不影响容器的功能性以及商品特性之间的和谐关系。迪赛（diesel）男士香水造型设计如图 3-15 所示。

图 3-15

2. 体块的加减组合

通过对一个基本的体块进行加法和减法的处理是获取新形态的有效方法之一。对体块的加减处理应考虑到各个部分的大小比例关系，空间层次节奏和整体的协调统一。对体块进行减法切割可以得到更多体面的变化，做的虽然是“减”法，实际上却得到了“加”的效果。

3. 仿生造型

在自然界中，充满了优美的曲线和造型，这些都可以作为我们造型的参考。比如，水滴形、树叶形、葫芦形、月牙形等常被运用到造型设计当中，可口可乐玻璃瓶的造型据说也是参考了少女躯干优美的线条来设计的，长久以来被人们津津乐道。仿生注重“神似”，如图 3-16 和图 3-17 所示。

图 3-16

图 3-17

4. 象形模仿

象形手法与仿生相似，但也有许多不同之处。仿生注重“神似”，是对形象造型的概括和抽象性地提取，象形则更注重“形似”。不过完全的写实模仿则枯燥无味，可通过一些夸张、幽默或变形以增强艺术性和趣味性，能使这种手法更加丰富，如图 3-18 和图 3-19 所示。

图 3-18

图 3-19

5. 肌理对比

对比的手法可以使对比的双方都得到加强，利用这个原理，在造型设计时运用不同的肌理效果产生对比，可以增加视觉效果的层次感，使主题得到升华。比如说在玻璃容器中，使用磨砂或喷砂的肌理效果，但在品牌形象的部分却保持玻璃原来的光洁透明，这样不需要色彩表现，仅运用肌理的变化就可以达到突出品牌的效果，并使容器本身具有明确的性格特征，如图 3-20 和图 3-21 所示。

图 3-20

图 3-21

6. 通透变化

通透变化手法是指一种特殊的“减法”处理，这种通透有的仅是为了求取造型上的个性，有些则是具有实际功能，比如与提手的结合（见图 3-22）。

图 3-22

7. 变异手法

变异手法是指在相对统一的结构中安排造型、材料、色泽不同的部分，使这个变异部分成视觉的中心点或是创意的重点表现之处，起“画龙点睛”之笔，从而使整个结构富于变化，具有层次感和节奏感，如图 3-23 和图 3-24 所示。

图 3-23

图 3-24

8. 在盖上做文章

在整体造型统一的前提下，盖的造型可以丰富多样，因为通常盖部并不承担装载商品的功能，而只是起到密闭的作用，这给盖的造型设计提供了变化丰富的可能，通过精心设计，盖可以成为整体造型中的添花之处，从而提高容器的审美性。但要注意瓶口与瓶盖的设计，要考虑瓶口及瓶盖的美观，更重要的是要考虑瓶口的耐压性和安全合理性。如图 3-25 和图 3-26 所示。

图 3-25

图 3-26

在进行以上任何一种变化手法时，都必须考虑到生产加工上的可行性，因为复杂的造型会使开模有一定的难度，而过于起伏或过于急转折的造型同样会令胎模变得困难，造成废品率的增加，这些相对会提高成本，同时还必须注意到材料对于造型的特殊要求。

3.3.2 容器造型设计的方法和步骤

容器造型设计，是有明确规划目标的理性思维与形象思维相互融合的创造表现活动。在设计过程中，前期主要是调查研究与规划决策活动，直至设计的市场人群目标、包装方式类型、成本要求等因素明确定位，才能进入容器设计具体构思与视觉表现的互动阶段，进而深入调节、精细刻画、修正完善，最终以图纸与模型（或演示文档）实现与其设计目标。

1．产品的市场消费对象与包装定位

包装容器作为现代商品不可缺少的构成部分，其容器造型设计首先必须依据内装产品的特性和市场消费对象需求，通过调查研究与资料分析，明确包装容器的类型、档次、材质包装生产工艺方式的定位，摸清同类产品包装容器的现状，从而确定包装容器的规格与风格。

2．草案和效果图

这是迅速体现创意构思的表现方法，可以不断地变换和完善想法。包装容器造型的整体构思是基于不同的立方体和圆柱体等基本形之上的。而且，容器的主体造型是一定的几何形体结合的纯形式构成。首先，对几何体（球体、立方体、圆柱体、锥体）等进行剖析，找到与“立意”有关联之点；然后，从形的面上，端点、棱线等，对形体进行切割、组合、变形、增减等，使之接近预想之形，最后绘制成草图。效果图要求表现出体面的起伏转折关系和大致的材质及色彩效果，通常以铅笔或钢笔起稿，用水彩或马克笔上色。不过具体使用的工具，根据自己的喜好和习惯而定。如图 3-27 和图 3-28 所示。

图 3-27

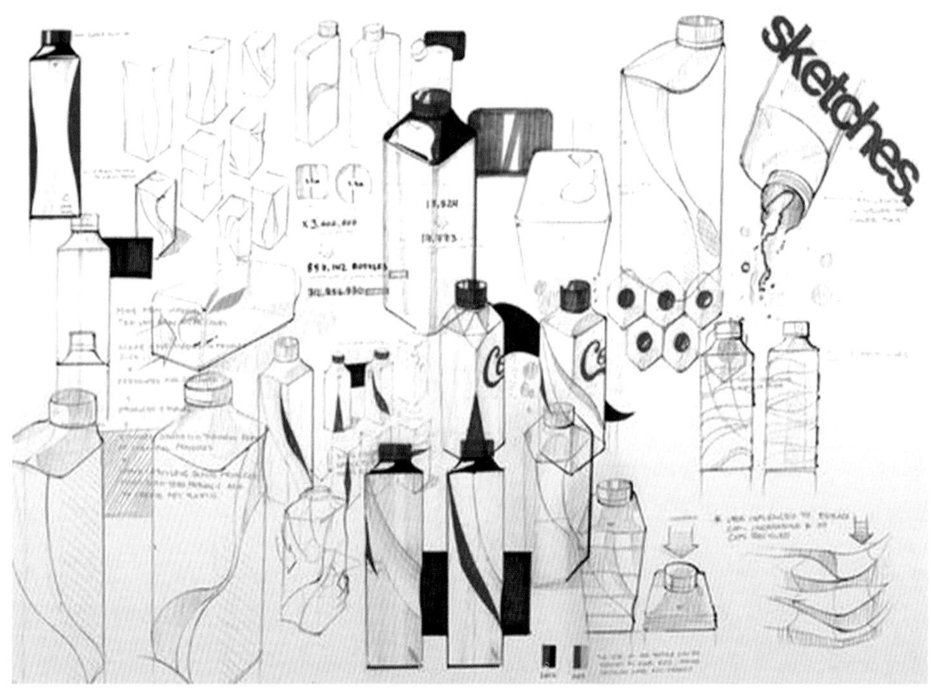

图 3-28

3．模型制作

模塑成形。先制作泥坯，再在泥坯上精心雕刻装饰纹样、文字，运用虚实相托，以方求圆、以直破曲等构图技巧，在泥坯表面构筑设计的视觉中心。然后翻制成石膏或玻璃钢。后期处理工序：表面经细致打磨后，运用色彩、肌理等处理模型表面，精心绘制，可模仿材料的质感，如陶瓷、木纹、土陶等，达到内外包装的和谐统一。

制作模型的材料主要有石膏、泥料、木材等，其中以石膏的运用最为普遍，如图 3-29 ～图 3-31 所示。

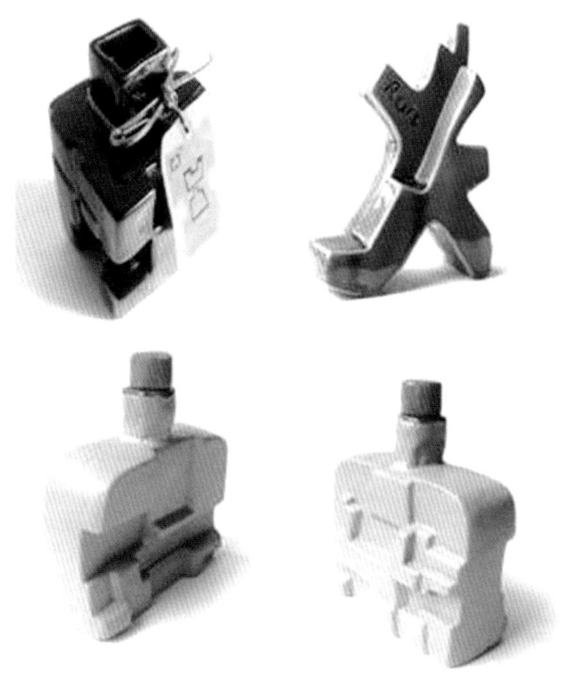

图 3-29

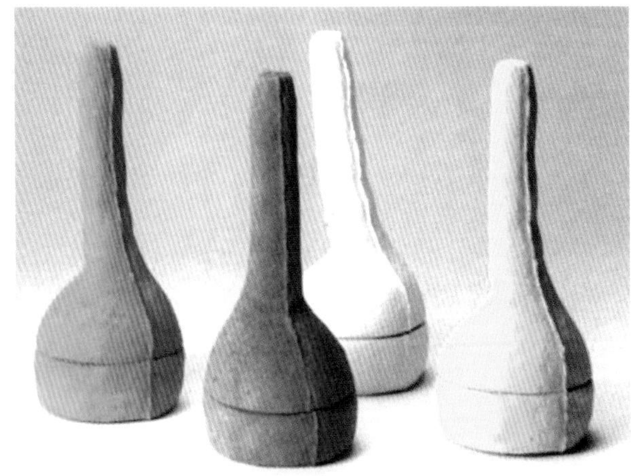

图 3-30

图 3-31

4．计算机辅助设计

目前，高科技的发展已经可以借助计算机辅助设计（CAD，Computer Aided Design），将各种要素输入进行变化成型，或显示较为逼真的立体图像，然后将 CAD 所绘制的形状予以数据化，连接到模型装置上，迅速做出正确清晰的模型，从而使容器造型设计从构思到实验成型一体化，加上计算机技术日新月异的发展，它强大的运算能力能够真实地模拟各种不同的材质、色彩与光线，极大地协助了设计师将预想方案接近真实地显现，提升了产品设计到生产加工、商业化销售的整个流程，如图 3-32 和图 3-33 所示。

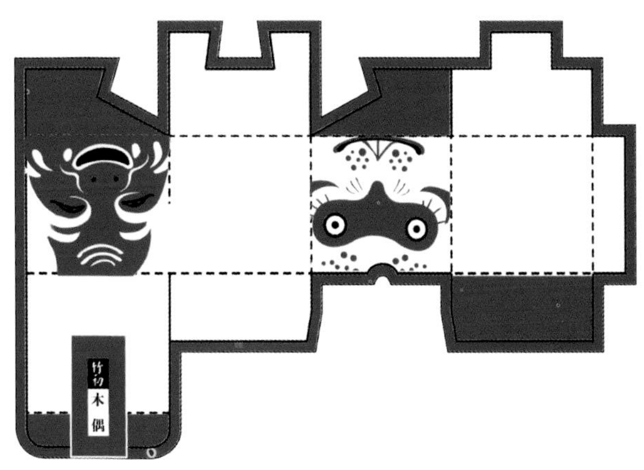

图 3-32

图 3-33

思考题：

1. 包装容器的设计原则有哪些?
2. 包装容器有哪些类型？其特点是什么?

第 4 章 包装的造型与结构的设计

商品包装装潢离不开包装的容器，包装的造型和结构设计是商品包装的一个重要组成部分。商品的包装主要分为运输包装和销售包装两大类。销售包装是与消费者直接见面和使用的包装，它的造型和结构设计要符合“科学、美观、适销”的要求。在设计时既要考虑到造型、装潢上的美观问题，更要考虑到结构上的科学合理问题。

优秀的包装造型、结构设计，不仅能容纳和保护商品，美化商品，促进商品的销售，而且还应该便于携带，便于使用，便于展销和便于运输，如图 4-1 ～图 4-4 所示。

图 4-1

图 4-2

图 4-3

图 4-4

4.1 包装造型的设计要求

消费市场竞争日益激烈，包装容器设计不再仅仅是容纳、保护商品的简单作用，更是提升商品活力、建立企业形象以领先市场的重要营销策略。透视当代包装容器造型，均有多种品质与价值理念，造型风格丰富多样，有的致力追求时尚，标榜现代流行思潮，有的则执著于发掘传统文化表达及民族特色，还有的迷恋新材料、新技术所带来的全新视觉体验与感受。种种现象表明，包装容器设计除了要考虑产品内容成分、容量、规格等物理化学因素外，更需反映当代社会价值观念与消费者生活形态，以高品质设计提升产品附加值，传达企业文化精神，如图 4-5 ～图 4-10 所示。

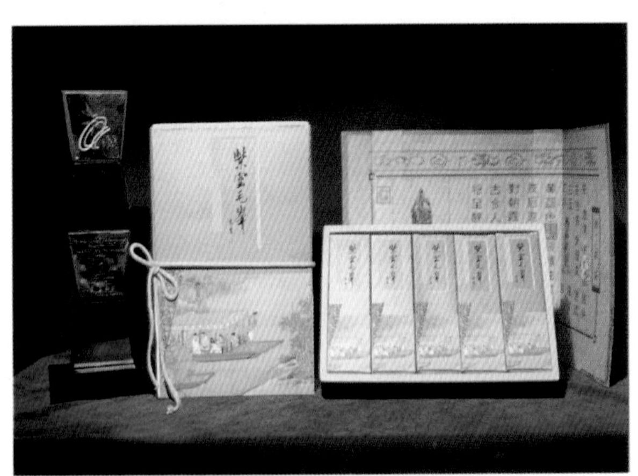

图 4-5

图 4-6

图 4-7

图 4-8

图 4-9

图 4-10

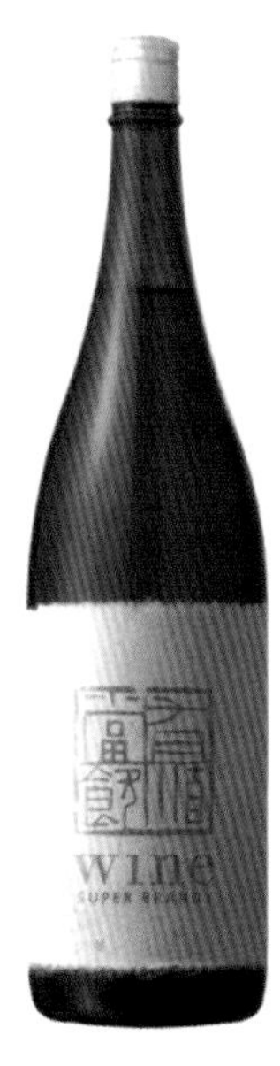

图 4-12

4.1.1 适合商品使用的特点

包装容器设计的实用性应该是设计时首先考虑的，在结构、造型上符合所装内容物的自然属性是实用性的具体表现。例如，由于香水的易挥发性，所以香水瓶的瓶口应该小一些，这样可以使香水味保存得更持久，而且倒出使用时也容易控制剂量。饮料类包装容器的容积最好根据一般人能一次喝完的基本标准来设计，既不浪费资源，又便于消费者携带，图 4-11 ～图 4-13 所示。

图 4-13

图 4-11

4.1.2 障碍性设计

一般来说，包装容器设计都追求使用上的便利性，但也有特殊情况。由于儿童在认知与行为上的幼稚，往往会在监护人疏忽时，打开药品类、化学类包装容器，并误食产生不良后果。所以，在包装容器上有意设计一些操作障碍，具有深刻、积极的社会意义，障碍性容器设计是一种新的针对儿童安全的设计，它依靠智慧而不是力量来开启，从而排除了产品对儿童的潜在危险性。障碍性容器设计是最高尚的设计，充分体现了设计的人性化意义，表达了对人的终极关怀。

4.1.3 适应使用环境

生活水平的提高与消费意识的觉醒使外出旅游成为时代趋势，因此，包装容器设计还需要考虑具体的使用地点、条件及其与环境的关系，赋予包装容器以不同的特征，使设计进入预定的目标市场。如饮品包装容器能否做到打开后既能饮用（易拉罐是常见的形式），另外需要杯子以便于外出使用，包装容器的材料选择要考虑能否适应野外恶劣的使用条件与环境，如图 4-14 ~ 图 4-16 所示。

图 4-14

图 4-15

图 4-16

4.1.4 符合人机工学要求

包装容器直接与人发生作用，其造型设计应该符合人机工学的要求，包括生理、心理及信息感应方面的，设计出具有亲和性、宜人性的容器造型，更好地为人所使用。例如，在瓶盖周边设计一些凸起的点或线条，可以增加摩擦力以便于开启，尤其是在手掌出汗时也能比较容易打开。包装容器的尺寸、重量应该符合人生理的一般性要求，如易拉罐的直径尺寸不能太大，容量也要轻重适当，以便于单手握持，如图 4-17 ~ 图 4-19 所示。

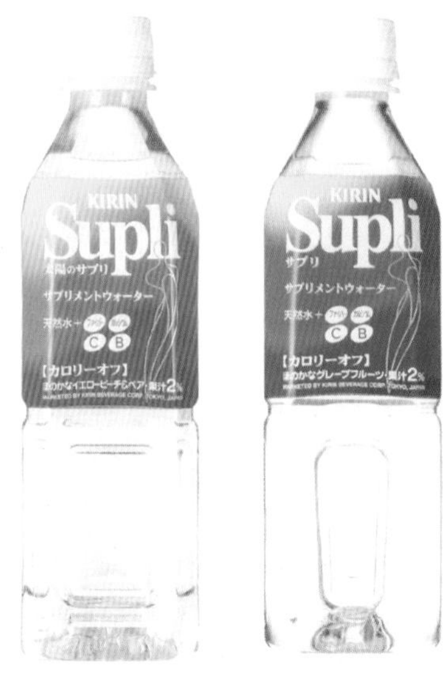

图 4-17

图　4-18

图　4-19

4.1.5　操作使用的暗示与引导

好的包装容器除了实现基本功能外，还应有明确的指示功能设计，不同包装容器造型应该有明确的差异性，如用手“捏”与用手“抓”的造型是不能混淆的。通过结构、造型、色彩及肌理的变化与对比，形成视觉语言的暗示与引导，必要时也可以设计一些附件，以自身形式语言十分清楚地传递出包装容器的操作方式。例如洗手液容器的出口设计，应该使人在第一次使用时，就能判断出如何操作，是按还是旋转，都应该以明确的形态语意给予暗示与引导，如图 4-20 和图 4-21 所示。

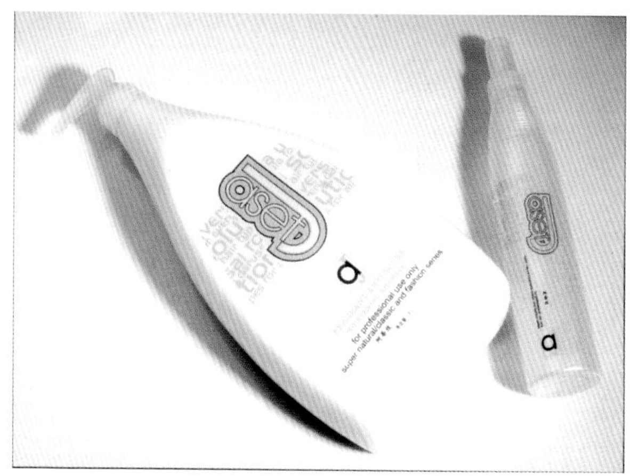

图　4-20

图　4-21

4.2　纸质包装造型的设计

在纸质包装设计的过程中，我们要讲究盒形外观的样式，并且要具有鲜明的个性，让人们看过之后回味无穷。总之是趋向外观多样化，但不是复杂化。

4.2.1　几何形的包装

几何形纸盒的开发和创新，既是为了使纸盒形态变化丰富，产生一个新颖的造型，也是为了锻炼立体设计的想象力，所以研究几何学形态是很有必要的。其特征是：具有机械般的轮廓线，具有严整的规律，可以根据一定的规则制作出来，同不规律的形态相比，更容易理解和掌握。

这一类包装形态，有实用的，也有不太实用的，注意多面体的面数越多，越不实用，展开图和制作也越复杂，也不适应生产工艺，但是有些面数少的几何形盒特征性强，造型效果简单，生产工艺不复杂，开发运用的潜力很大，如图 4-22 ～图 4-24 所示。

图 4-22

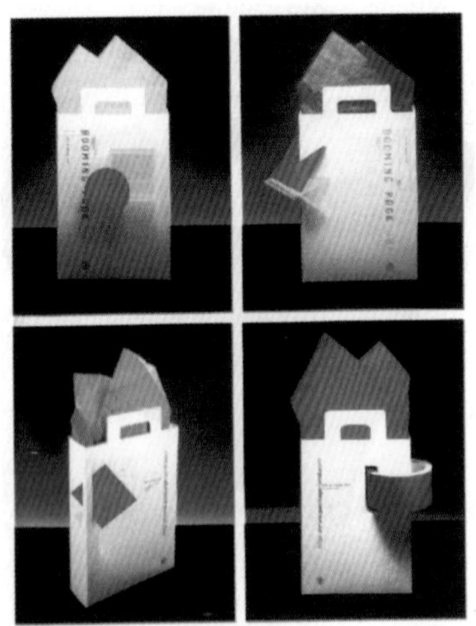

图 4-23

图 4-24

4.2.2 简单六面体是变化的基础

在新形态的创新方面，六面体形态是基础，稍微变化就有效果，如图 4-25 ～图 4-28 所示。

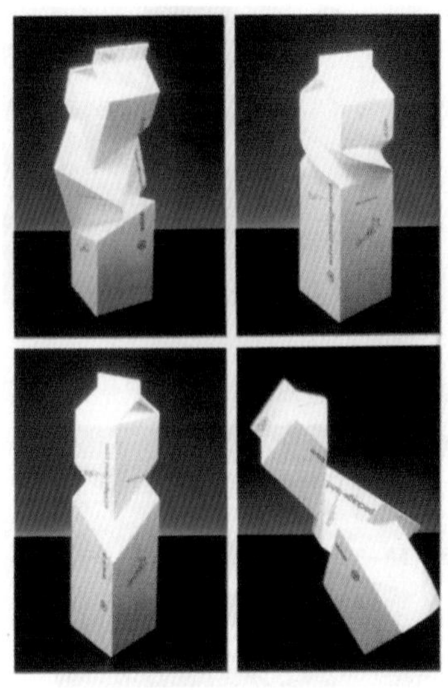

图 4-25

图 4-26

图 4-27

图 4-28

(1) 盒体直线、曲线的变化：通常是在直线折叠的部位和切割的部位进行曲线或折线的变化。

(2) 表面的变化：利用表面的盖板在形状上变化；或在锁口的部位设计不同的连接方式，使表面发生变化。

(3) 棱边的变化：在盒体的边缘线变成弧线，或由单一边缘线变成双弧线。

4.2.3 礼品包装的装饰性

这类包装侧重装饰性，既有具象的装饰，也有抽象的装饰意义。装饰性包装主要面向礼品和儿童小礼品。如红房子盒、小花盒、各种小水果形状盒，甚至是篮子造型、花轿造型，因为是儿童有兴趣的造型，用户使用完包装后，可以利用它玩赏、摆设等多项用途。有些装饰性包装盒，可能实用性差一些，但是造型完美，艺术性强是它的主要优点，如图 4-29 ～图 4-31 所示。

图 4-29

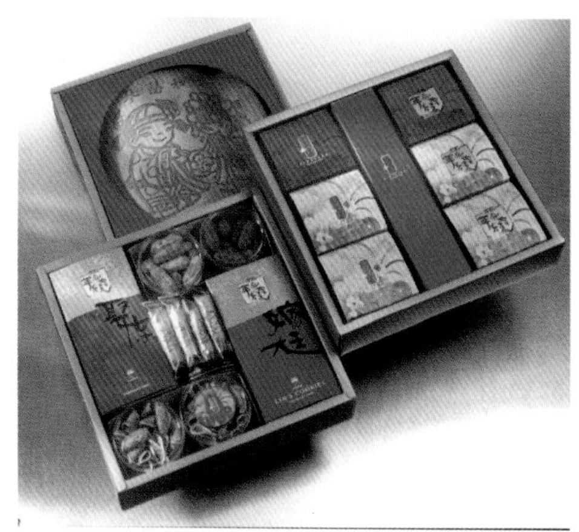

图 4-30

图 4-31

4.2.4 装饰部位的变化

1．顶部插别盖

充分利用盒体上的摇盖，类似于管式折叠纸盒中的连续摇翼窝进式盒盖进行装饰变化，如适合两插纹样的蝴蝶结，三插纹样的树叶，四插、五插的花朵等，它的开启方法是连续旋转锁口。

2．锁扣

锁扣的概念是连接结构，可以理解为公、母锁扣。大家对这种连接方式是比较熟悉的，就像系了一条红色丝带，上面打一个漂亮的蝴蝶结。无论装什么物体，都知道是礼品。盒表面上的锁扣也能够做得好看，如蝴蝶结、花瓣等装饰，结合色彩印刷就能更好地发挥你的创意了。

3．仿生与装饰

如果你想设计一系列包装产品，如干花盒可以模仿成花篮形、花台形、花盆形等，即外形一定要适合包装的商品，采用仿生的形态是一个不错的构思。

如果是儿童糖果系列，也可以做成仿生形，如苹果形、梨子形、香蕉形、菠萝形等用来装糖果。当然它们只是在比例和形状上相似，或者表面处理方法相似，但是一定要非常简练，这样形成一个产品系列才非常协调和舒服。还有一些方法，如形状比例的渐变：由小到大的形体变化，如化妆品系列包装，可以考虑采用相似的或比例不同的形态，注意它们相互间的比例美，使形体之间形成秩序，如图 4-32 ～图 4-35 所示。

图 4-32

图 4-33

图 4-34

图 4-35

4.3 纸质包装结构设计

纸质的包装结构设计，是为了实现被包装物在销售过程中的安全性、稳定性而进行的设计。纸质的包装结构设计要充分利用所选材料质地的保护性，建立空间概念，把立体构成的概念应用到包装结构设计中，还要充分利用包装材料的切割线、折叠线、平面、镂空面构成的效果和作用，使造型结构美观、达到保护商品的作用，便于顾客使用。为了节约原材料，降低材料成本及仓储、运输方便，包装结构设计通常采用折叠式结构。

学生（常露、项帆、王旭、吴金轩、高倩、李漱玉）的优秀作品，如图 4-36 ～图 4-46 所示。

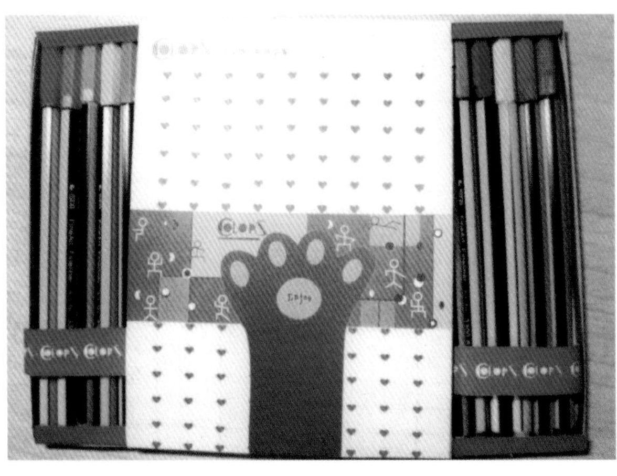

图 4-36

图 4-40

图 4-37

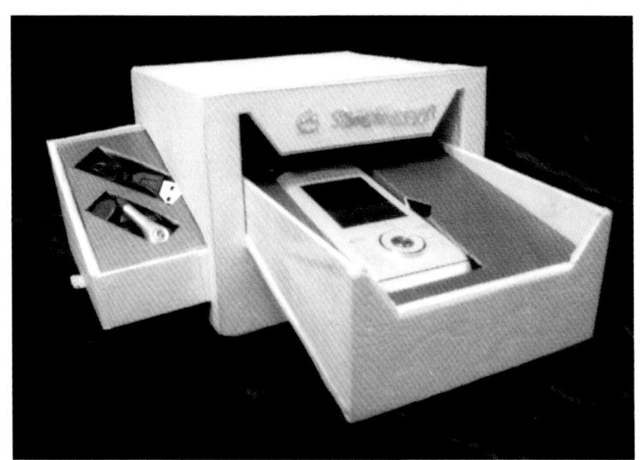

图 4-41

图 4-38

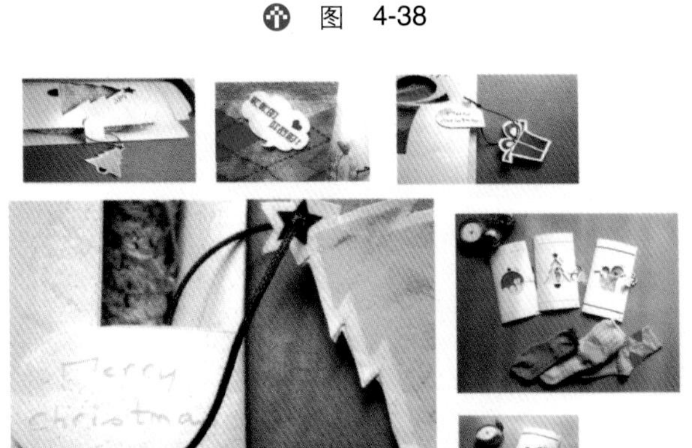

图 4-39

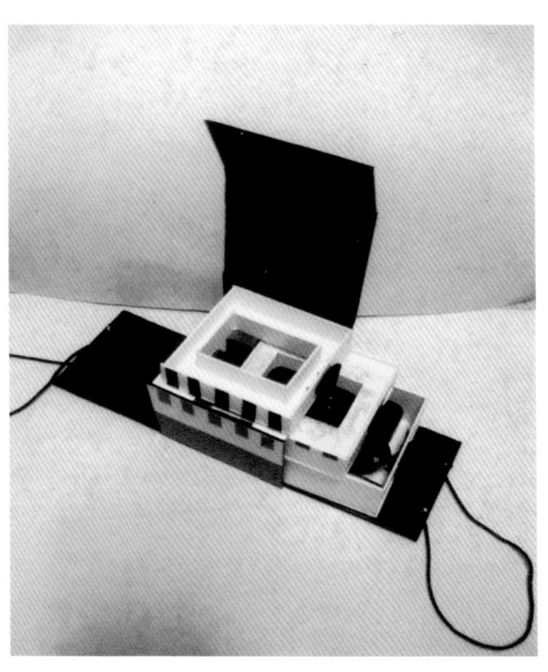

图 4-42

图 4-43

图 4-44

图 4-45

图 4-46

4.3.1 纸包装的材料

纸包装材料是包装行业中应用最为广泛的一种材料，其加工方便、成本低廉，适合大批量机械化生产，而且成型性和折叠性好，材料本身也适于精美的印刷。

1. 纸包装材料的种类

纸包装材料基本上可分为纸、纸板、瓦楞纸三大类。

(1) 纸的主要种类：牛皮纸、漂白纸、玻璃纸。

(2) 纸板的主要种类：白纸板、黄纸板、牛皮纸板、复合加工纸板。

(3) 瓦楞纸板：主要由两个平行的平面纸页作为外面纸和内面纸，中间夹着通过瓦楞辊加工成的波形瓦楞芯纸，这些纸再由涂到瓦楞楞峰的黏合剂粘合到一起形成瓦楞纸板。瓦楞纸板主要用于制作外包装箱，用以在流通环节中保护商品；也有较细的瓦楞纸可以用作商品的销售包装材料或商品纸板包装的内衬，可以起到加固和保护商品的作用。瓦楞纸板的种类很多，有单面瓦楞纸板、双面瓦楞纸板、双层及多层瓦楞纸板等，见图 4-47 ～图 4-52 所示。

图　4-47

图　4-48

图　4-49

图　4-50

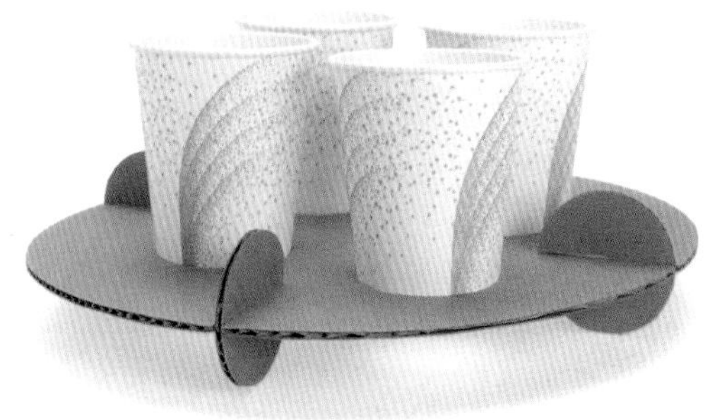

图　4-51

图　4-52

2．纸和纸板的规格

(1) 纸的基重：基重表示纸张重量的一种单位。目前国内使用的单位为 g/m^2，比如说 $200g/m^2$ 就是指每平方米纸的重量是 200g。

(2) 纸的令重：通常 $250g/m^2$ 以下的纸以 500 张为一令、10 令为一件进行包装，$250g/m^2$ 以上的纸则大致以每件不超过 250kg 为准。

(3) 纸的厚度：测量纸的厚度有公、英制两种方法，公制为 1/100mm 为单位，称作“条数”，即 0.01mm 为 1 条，厚度为 0.2mm 则为 20 条；英制则以 1/1000 英寸为单位，称作“点数”，0.001 英寸为 1 点，厚度 0.02 英寸则为 20 点。

(4) 纸的开数：指纸张的裁切应用标准。比如国内目前通常使用的一种纸张基本规格尺寸为

787mm×1092mm 即为“整开”，平均裁切成两等分的尺寸为 787mm×546mm 即为“对开”，依次类推如 4 开、8 开、16 开等。

3．纸和纸板的性能

了解纸张的性能、合理利用不同纸质的特点，对包装设计最终的视觉效果会起到很大的作用。

(1) 纸张表面性能：其性能指光滑度、硬度、粘合性、掉粉性等。

(2) 纸张物理性能：其性能指纸的定量、厚度、强度、弯曲性、纹理走向、柔软性、耐折度等。比如说在设计玻璃瓶贴时，通常应使纸张的纹路处于水平方向进行印刷和粘贴，这样才能使瓶贴粘合牢固，否则纵向纹路很容易变形、起泡、脱落而影响美观。

(3) 纸张适印性能：不同的纸质会对印刷效果产生影响，像光滑度、吸墨性、硬度、掉粉度等。

4.3.2 纸质包装设计制图符号

纸质包装设计制图符号见图 4-53。

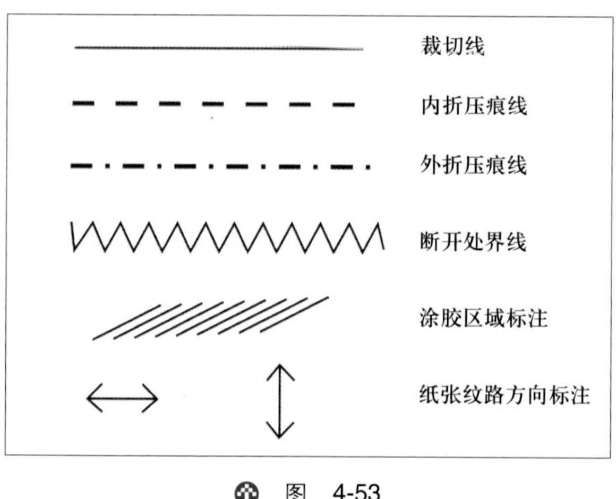

图 4-53

4.4 纸质包装结构设计类型

4.4.1 纸质包装底部结构设计

纸盒包装中，盒底部分是承受载重量、抗压力、振动、跌落等因素中影响最大的部分。在进行结构设计时，这是需要慎重考虑的部分。结构主要分框形式结构和托盘式结构两大类。

1．框形式结构

框形式结构其结构指纸盒的盒身呈框型，在框型盒身的四个面延伸的基础上设计成不同的栓结形式的纸盒封底结构。

框形式结构可分为以下几种。

(1) 插口封底式。这种结构一般只能包装小型产品，盒底只能承受一般的重量，其特点是包装产品简单方便，在普通的产品中已被广泛应用。

(2) 黏合封底式。这种结构一般只能用于机械包装，这种用盒底的两翼互相黏合的封底结构，用料省，盒底已能承受较重的分量，包装粉末产品时可防止粉末漏出，经久耐用，常见的如洗衣粉包装就是这样的设计结构。

(3) 锁底式。这种结构是将框型纸盒盒底的四个摇翼部分设计成互相咬口的形式进行锁底。中小型瓶装产品中已广泛地采用这种结构的封底形式。

(4) 自动锁底式。盒底经过少量的黏结，在成型时只要张开原来叠平的盒身，即能使用权其回复到框型形状，同时盒底就能自动地连成锁底。

(5) 间壁封底式。起到在盒身容积内分割成二、三、四、六、九格的不同间壁状态，有效地固定包装内的产品，防止振动损坏。

(6) 折叠封底式。其特点是造型图案美观，可作为产品出售的礼品包装。由于结构是互相衔接的，一般不能承受过重的分量。

(7) 下揿封底式。特点是包装操作简单，用纸节约。

(8) 反揿固定式。特点是包装操作十分简单，大大节约纸张和包装工序。

2．托盘式结构

托盘式结构是纸盒盒底呈盘状，其结构形式是在盒底的几个边上延伸出盒身的几个面，是盒底与盒身在同一纸面的基础上，设计成各种不同盒身栓结形式的纸盒结构。托盘式结构一般适用于包装扁平类型的产品，通过折叠成托盘形状来包装产品，如图 4-54 ～图 4-62 所示。

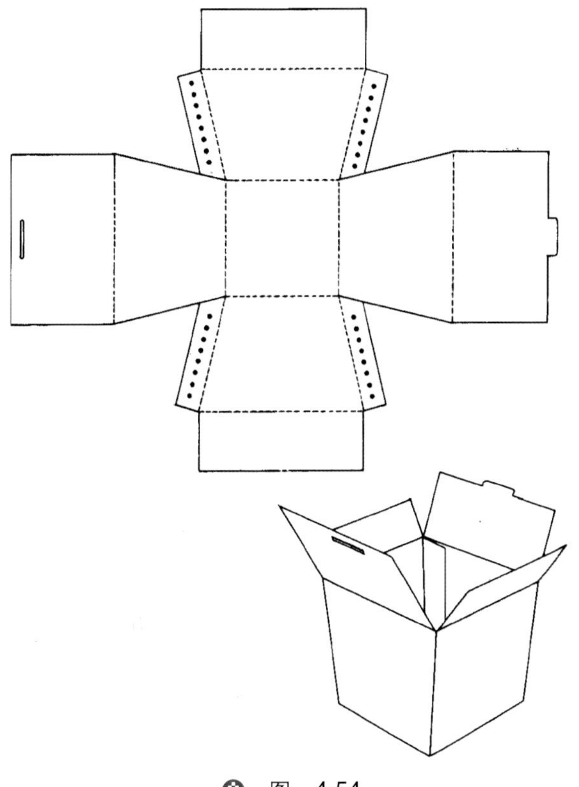

图　4-54

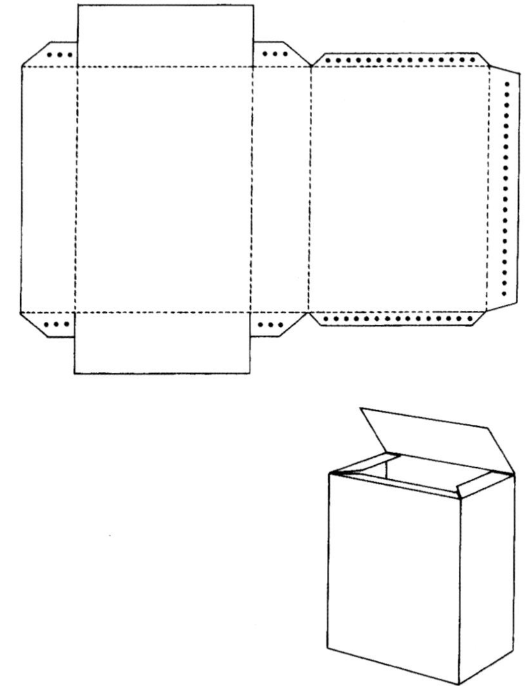

图　4-55

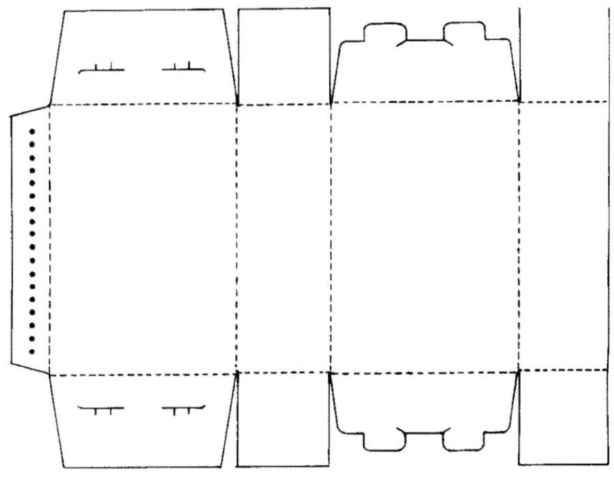

图　4-56

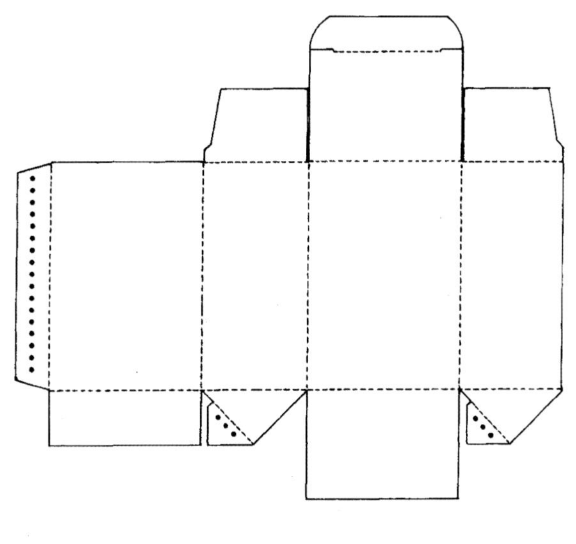

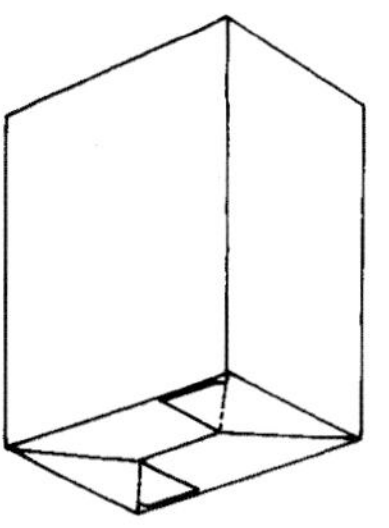

图　4-57

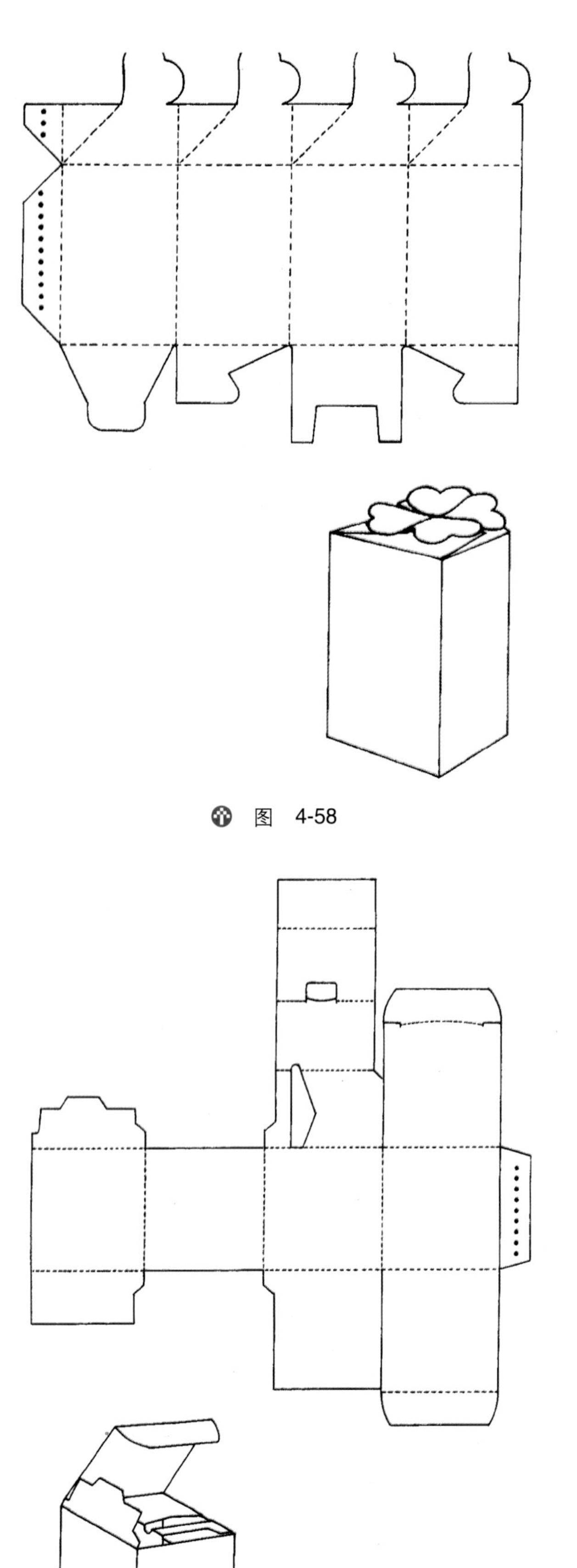

图 4-58

图 4-59

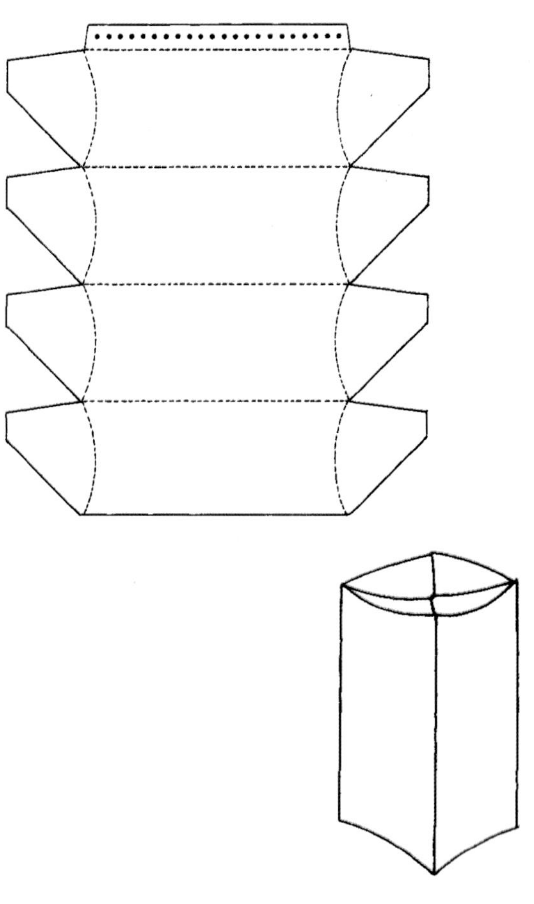

图 4-60

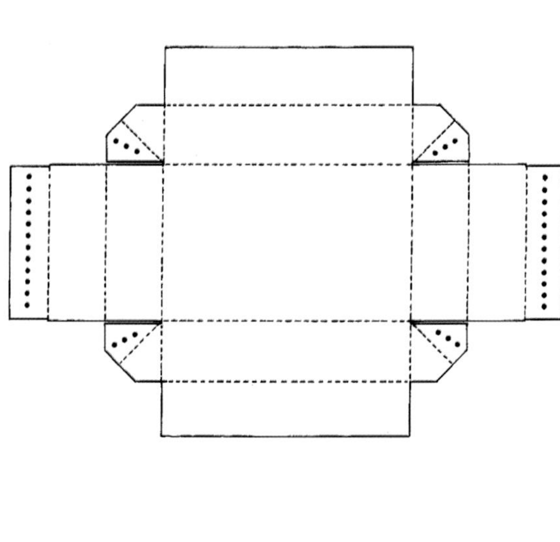

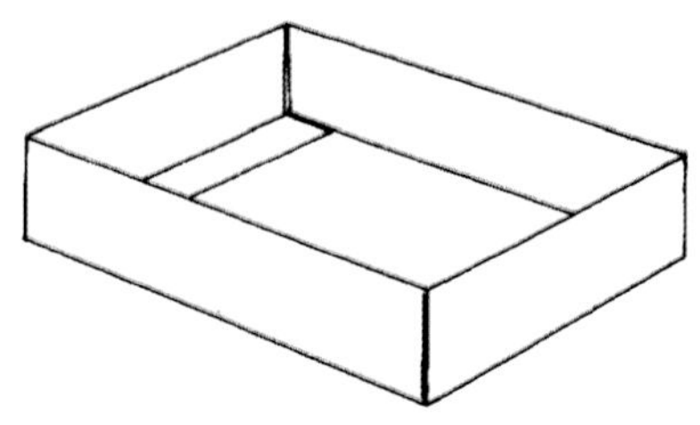

图 4-61

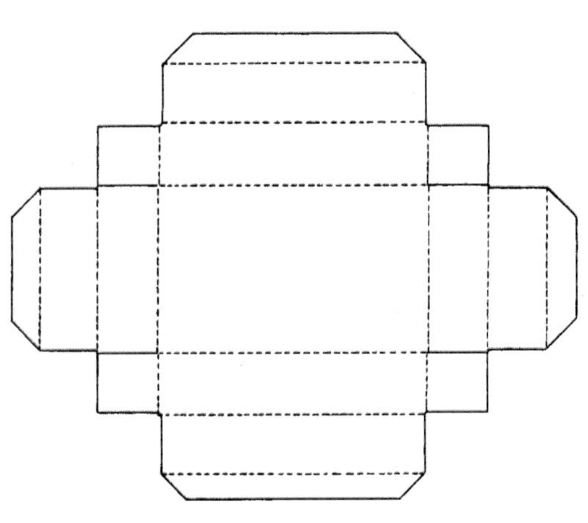

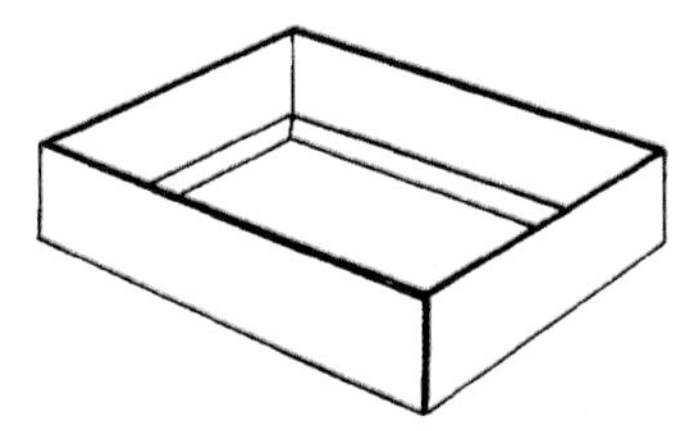

图　4-62

4.4.2　常用纸质包装结构设计

纸材轻便，利于加工、运输、携带和印刷装潢，并利于回收，在日趋严重的环保问题上更有现实意义，因而在包装上应用十分广泛。纸张是富有趣味的素材，只要在设计时多动些脑筋，就能使形态和结构巧妙地融合在一起，以发挥其功效。

(1) 套盖式。套盖式纸盒也叫天地盖盒。盒盖与盒身不连接，用两块纸板组合而成。套盖盒使用也较普遍，常用于包装服装、食品、鞋帽、小五金、玩具等。

(2) 摇盖盒。这是指盖体与盒体结合在一起的折叠纸盒。即盖的一边固定而摇动开启。盖的设计形式有无侧边的平折盒盖，有两个侧边的带帘折合盖，几个折翼自由折叠的折合盖等。一般只用一片纸板成形，式样较多。

(3) 开窗式。开窗式盒是在盒的展示面上开窗口，形成透明状态，能见到内装物品的一部分或全部。开窗的大小或位置，都要根据商品特点和画面设计来决定。以达到科学、合理、美观等促销目的。

(4) 抽屉式。抽屉式也叫抽拉式或中舟式。由盒身与抽匣组成，抽匣是内盒，能塞进外壳。盒身叫外壳或外盒，外盒可以分一边开口和两边开口两种形式。由于抽屉式盒是双层结构又兼具抽拉形式，因而具有较牢固厚实、使用方便的特点。如火柴盒就是典型的抽屉式盒。

(5) 陈列式。陈列式盒又可称“POP”包装盒，即可供广告性陈列，又能充分显示出包装物的形态。其形式：一类是带盖的，展销时将盖打开，运输时又可将盖合拢；另一类是不带盖的，可露天陈放。它起到了陈列商品、宣传商品和自我介绍商品的作用（见图 4-63）。

图　4-63

(6) 封闭式。封闭式盒是现代包装的产物，其特点是全封闭式。它在防盗、方便使用上有更好的功能。主要形式有延开启线撕拉开启的形式，以吸管插入小孔吸用内容物的形式等，多用于饮料等一次性包装。

(7) 异体盒。异体盒的结构造型技巧更加深化，富有艺术性和实用性。其变化主要是对盒的面、边、角加以形状、数量、方向的加减等多层次处理，多用于礼品性包装等（见图 4-64）。

图 4-64

(8) 提携式。提携式包装盒最大特点是方便携带，也称可携带性包装盒。这种造型结构都在盒体上装有提手，提携部分可以附加，也可以利用盖和侧面的延长相互锁扣而成，如图 4-65 和图 4-66 及其包装结构图 4-67 ～图 4-75 所示。

图 4-65

图 4-66

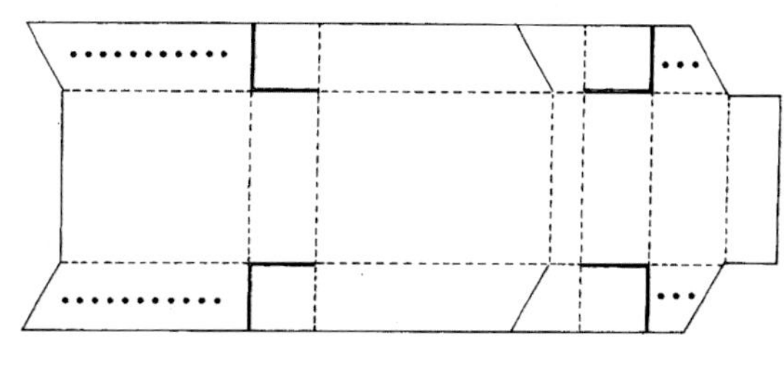

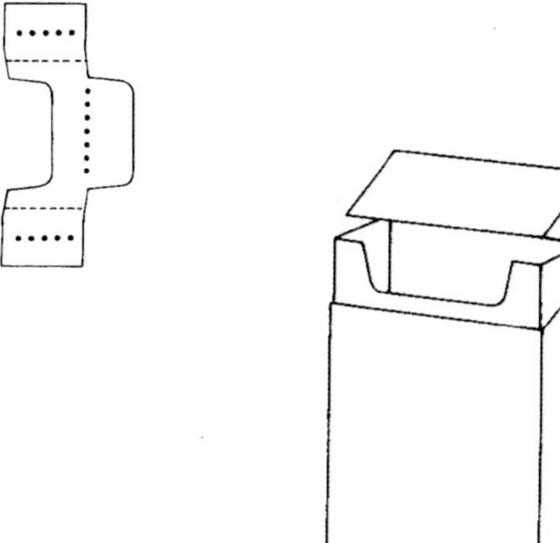

图 4-67

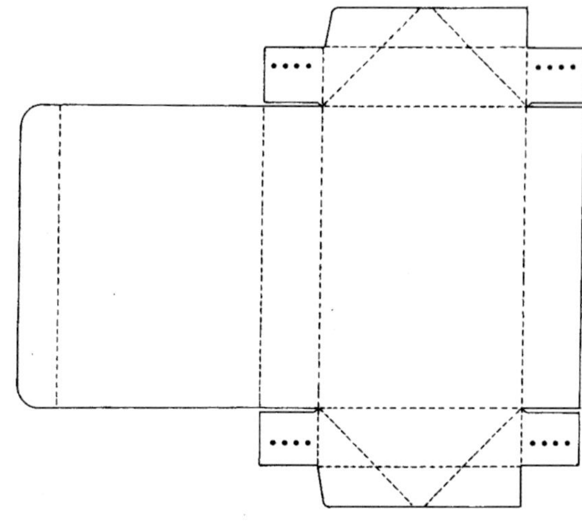

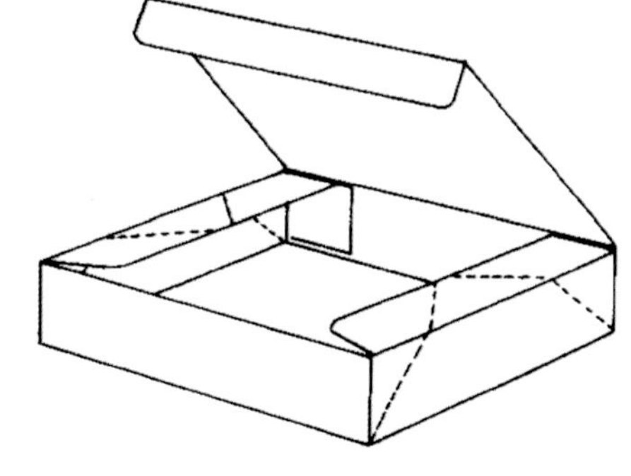

图 4-68

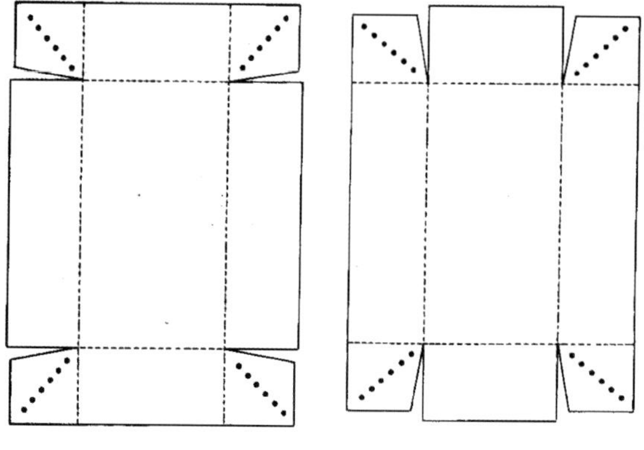

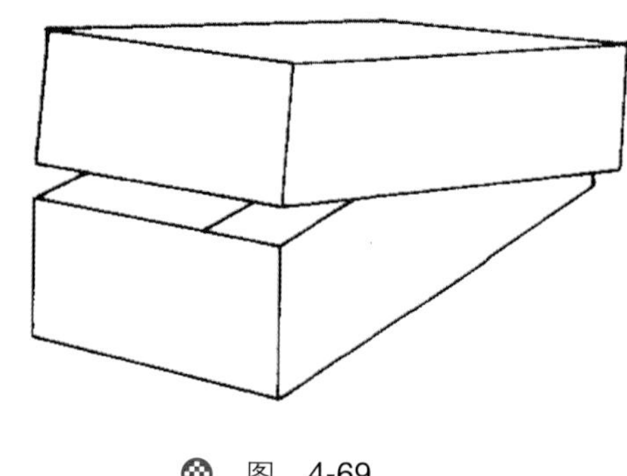

图 4-69

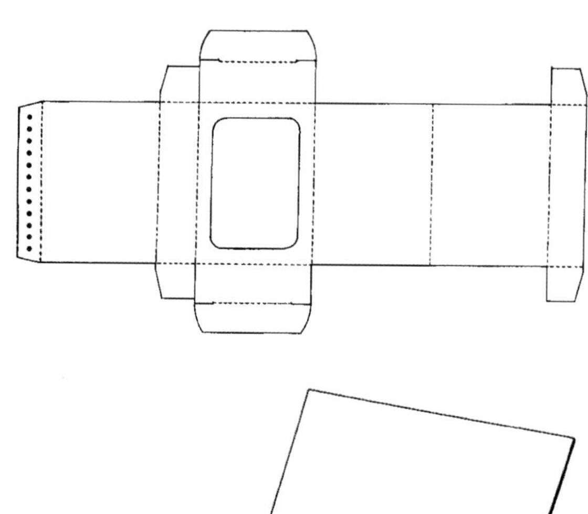

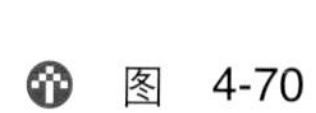

图 4-70

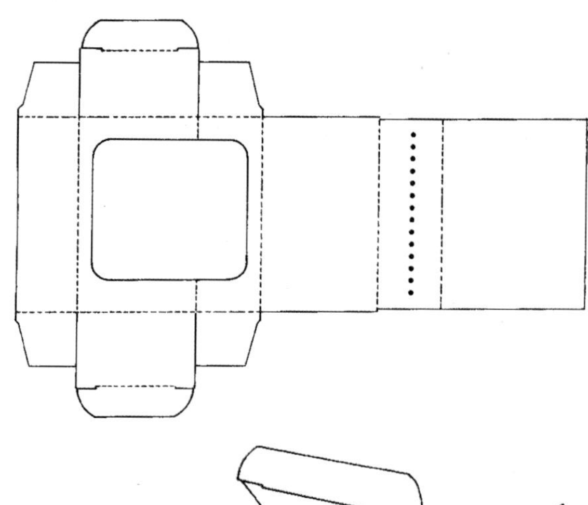

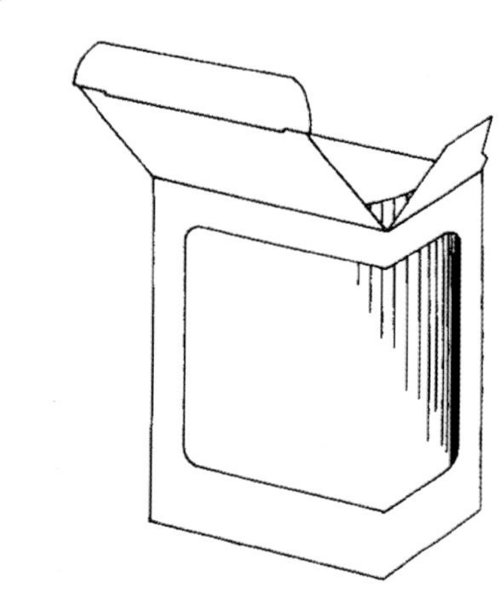

图 4-71

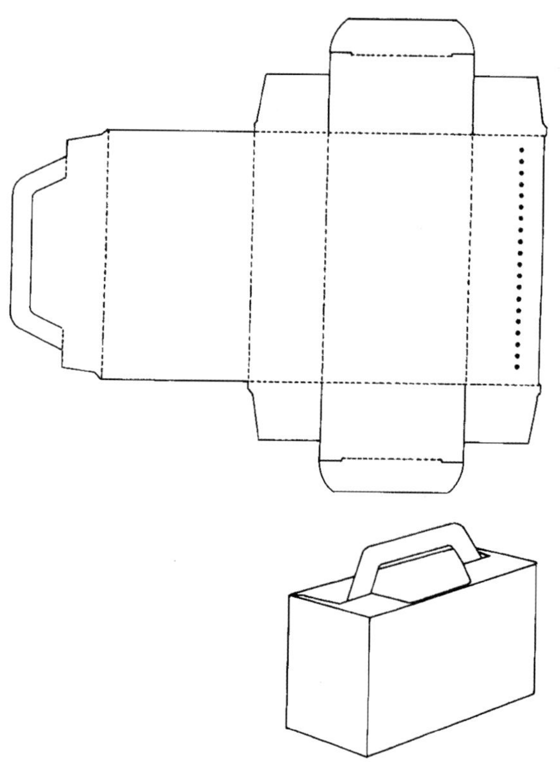

图 4-72

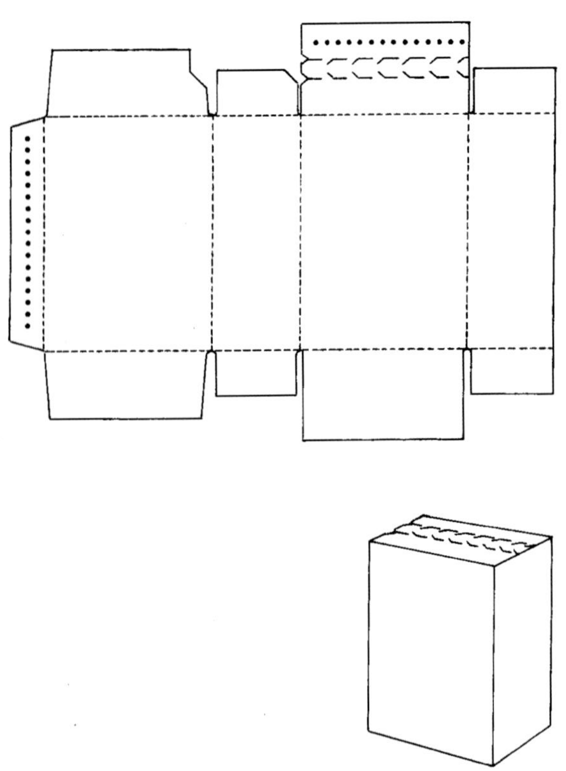

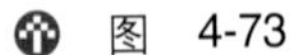

图 4-73

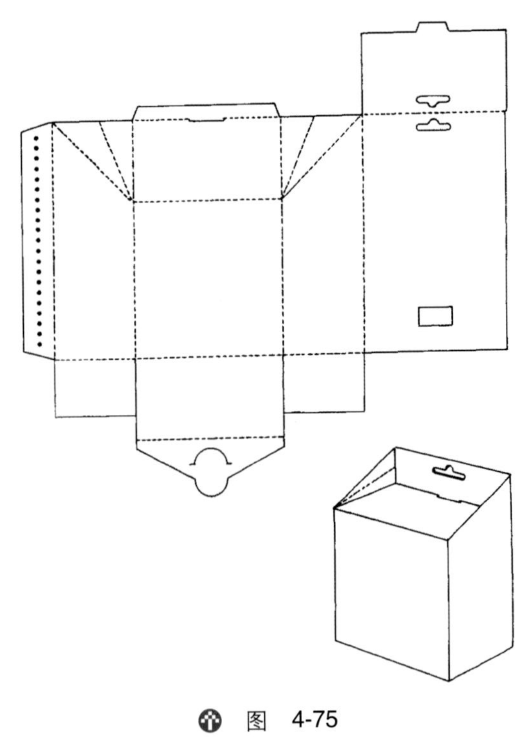

图 4-75

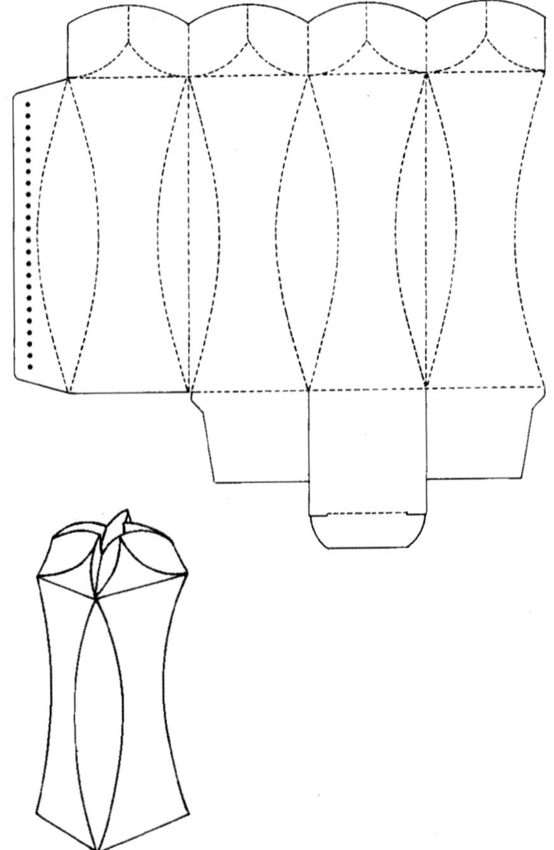

图 4-74

4.4.3 纸质包装结构设计集锦

纸质包装结构设计集锦如图 4-76 ～图 4-82 所示。

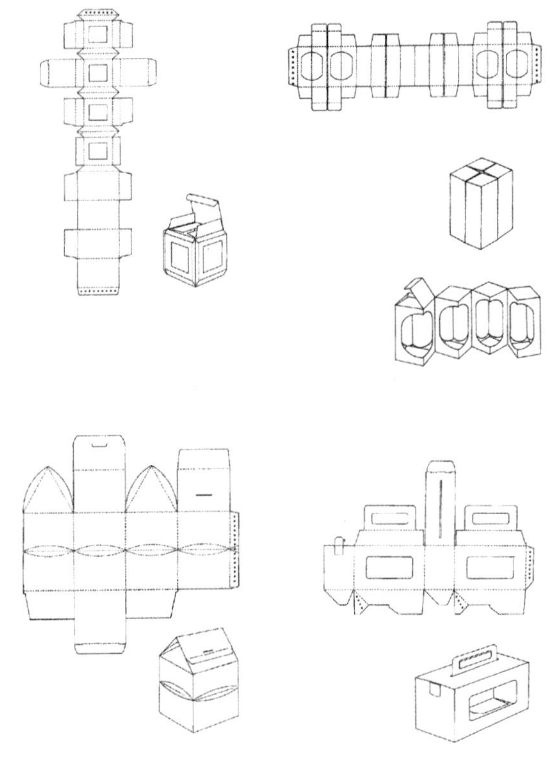

图 4-76

图　4-77

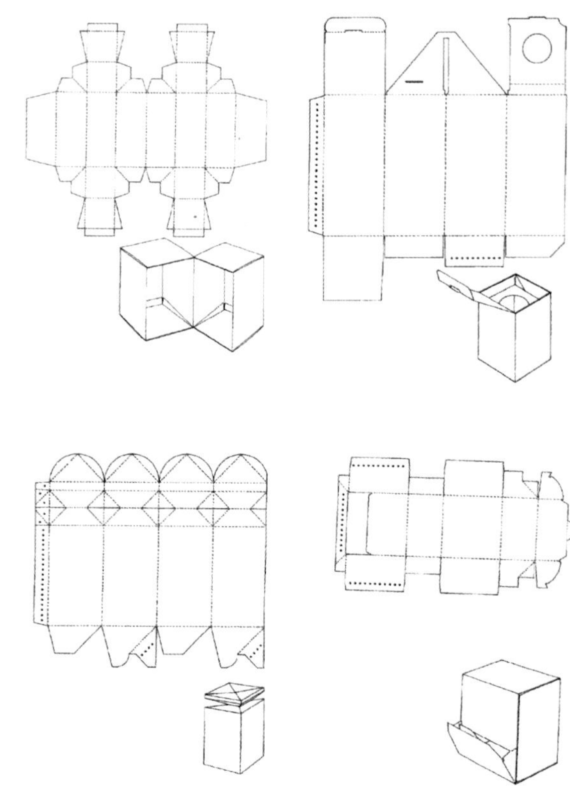

图　4-78

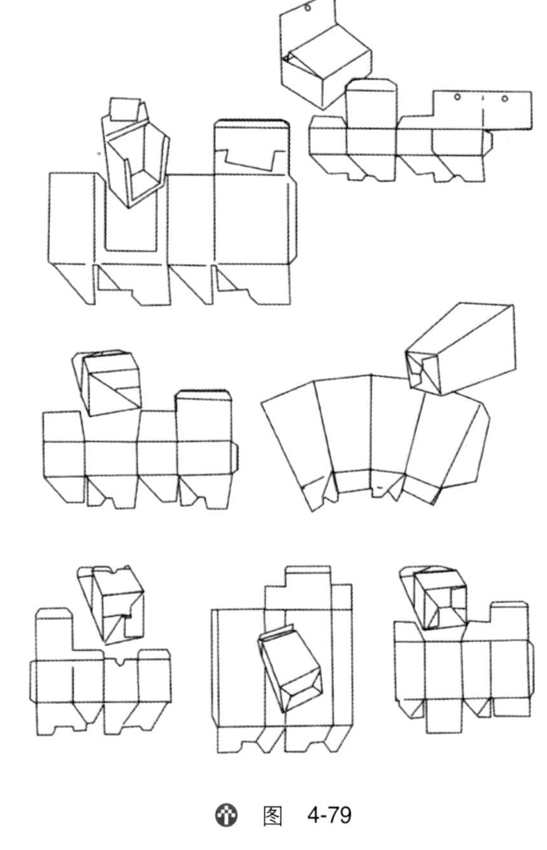

图　4-79

图　4-80

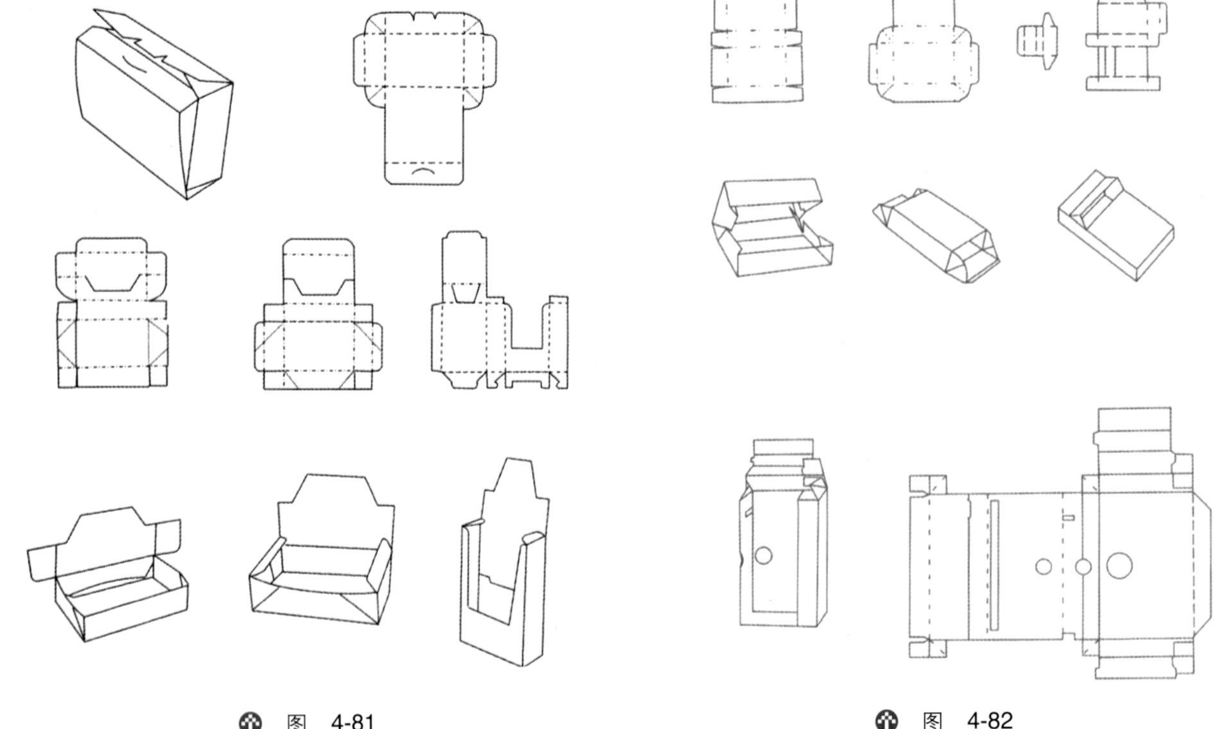

图 4-81

图 4-82

思考题：

1. 纸包装有哪些常见的造型样式？其特点是什么？
2. 纸包装有哪些常见的结构样式？其特点是什么？

第 5 章 包装的视觉设计

5.1 包装的视觉设计原则

从包装设计角度而言，视觉设计是一个非常重要的方面。除了遵守包装设计经济、美观、实用的基本原则外，设计者还必须考虑到各个方面的要素，如陈列方式、大小、市场竞争情况以及最现实的成本核算问题，这些都是制约包装设计的重要因素。

包装视觉设计原则有以下四个主要特征。

1．信息传播特征

通过包装上的商品名称、标识、使用说明等，向消费者传递商品的信息；通过文字、图形、色彩的设计，传达出商品的属性及特点。这些是包装视觉设计的最根本目的（见图 5-1）。

图 5-1

2．商品促销特征

优秀的视觉设计方案使包装更具视觉吸引力。在激烈的竞争中，包装首先要给消费者一个良好的视觉印象，才能进一步引起消费者的关注，从而引导消费者的购买行为，以促进商品的销售（见图 5-2）。

图 5-2

3．综合工艺特征

包装视觉设计的信息传播和商品促销特征实际上都需要通过印刷制作和加工工艺来最终实现。因为包装的种类、形态很多，如纸盒、金属罐、塑料、玻璃瓶、木材、陶瓷包装等。包装的印刷和加工工艺比较复杂，而针对不同材质特点的后期印刷工艺和加工工艺也不尽相同（见图 5-3）。

图 5-3

4. 文化传播特征

一个成功的包装设计往往蕴涵着丰富的文化内容和精神特征，往往是某种生活方式和审美特征的体现，通过包装的物态来影响和介入人们的精神世界（见图 5-4）。

图 5-4

因为包装设计的三维空间属性，所以在视觉设计上包装设计和其他的平面设计有更多的不同。包装视觉设计主要由文字设计、图形设计、色彩设计以及版式设计四大方面构成。

5.2 视觉设计中的文字

包装文字的功能在于准确传达商品信息，既是“信息”的自我表白，也是对图形的说明。在现代包装设计中，文字的功能已经远远超出了“说明”的范畴，文字已不仅仅作为传达信息而存在，也作为特殊的图形来表现商品的文化以及价值内涵。因此，文字不但是信息传递的手段，也是构成视觉感染力的一种不可缺少的要素。在今天的设计中，对文字功能最大价值的利用成为现代包装设计的一股潮流。文字已成为包装平面设计的主体元素之一，设计中往往精心设计的品牌形象与精心设计的文字形象相互衬托。总之，字体造型与图形、色彩的设计一样，要求体现产品属性与个性，表现其特征与内涵，并在包装设计中充分展现文字独特魅力。

5.2.1 文字设计要素的组成

根据文字在包装中的功能，可以将包装中的文字分为三个主要部分。

1. 品牌形象文字

品牌形象文字包括品牌名称、商品品名、企业标识名称和厂名。这些文字代表产品形象，是包装设计中主要的视觉表现要素之一。品牌形象文字应精心设计使其具有强烈的形式感，并且将其安排在包装的主要展示面上，如图 5-5 ～图 5-7 所示。

图 5-5

图 5-6

图 5-7

2．广告宣传性文字

广告宣传性文字即包装上的广告语，它是宣传商品特色的促销性宣传口号，内容应真实、简洁、生动，遵守相关的行业法规。广告文字一般也被安排在主要展示面上，位置较为机动，但视觉力度不应超过品牌名称，以免喧宾夺主。另外，这类文字在包装上可有可无，应根据产品销售、宣传策划灵活运用，如图 5-8 和图 5-9 所示。

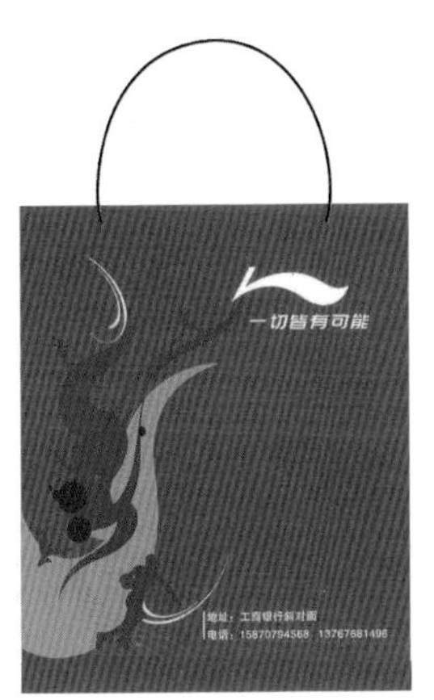

图 5-8

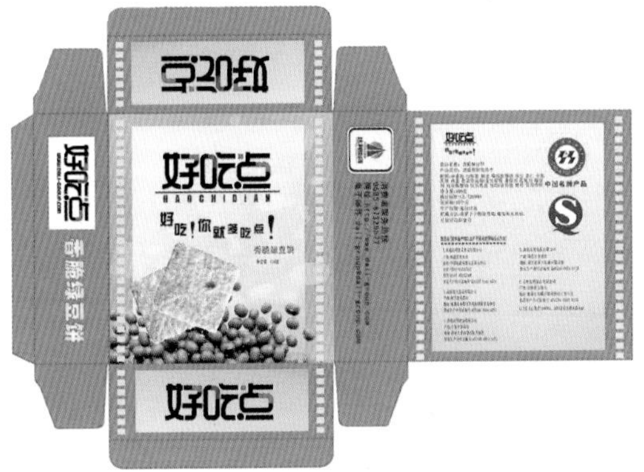

图 5-9

3．功能性说明文字

功能性说明文字是对商品内容做出细致说明的文字。功能性说明文字的内容主要有产品用途、使用方法、功效、成分、重量、体积、型号、规格、生产日期、生产厂家等信息以及保存方法和注意事项等，如图 5-10 和图 5-11 所示。

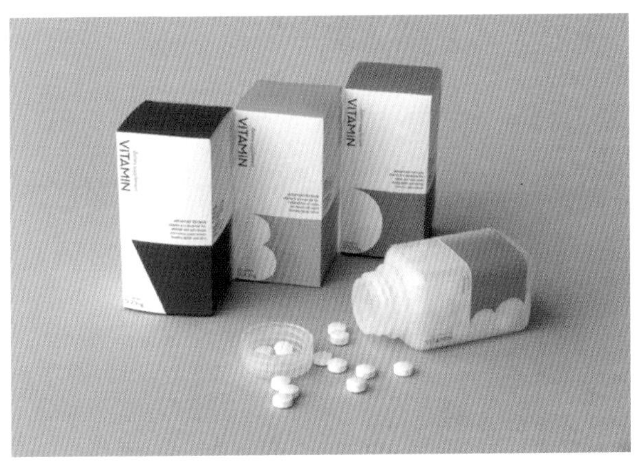

图 5-10

图 5-11

功能性说明文字是对商品内容进行细致说明的文字，并且有相关的行业标准和规定约束，具有强制性。功能性说明文字的内容主要有：产品用途、使用方法、功效、成分、重量、体积、型号、规格、生产日期、生产厂家信息以及保存方法和注意事项等。功能性说明文字通常采用可读性强的印刷字体，根据包装的结构特点安排在次要位置，也有将更详细说明另附专页印刷品附于包装内部的做法。

5.2.2 品牌字体设计原则

在现代包装设计中，仅靠对文字的形象和要素的处理来塑造品牌形象的设计逐渐形成了一种潮流，它以清新、典雅、简洁并富有现代感和文化性的风格赢得广大消费者的好感（见图5-12）。

图 5-12

1. 可读性原则

文字最基本的功能是进行信息交流和沟通，不论品牌字体做什么样的设计变化，这一个基本原则都是要遵守的。通常在品牌字体设计时，要保证字体本身的绘写规律，一些形象变化较大的部分应尽量安排在副笔画上，以保证文字的可读性（见图5-13）。

图 5-13

2. 表现力原则

包装上使用品牌字体，其目的是为了加强产品的形象力，突出商品的性格特征，因此品牌字体的设计应该从商品的内容出发，其视觉特征应该符合商品本身的属性特征，也就是要做到形式与内容的统一。通常情况下，品牌字体都是由几个字幅共同组成的，单一字幅的品牌不是很多，因此字与字之间造型手法的统一性就显得非常重要，如果缺乏整体性或和谐会影响到品牌的整体形象。

3. 品牌字体设计的变化原则

(1) 轮廓变化

轮廓变化指改变字的外部结构特征，汉字基本外形为方形，又称方块字，通过把外形拉长、压扁、倾斜、弯曲、角度立体化等改变使其增强形式感，一些复杂的轮廓形状应注意点画特点，以免影响可读性（见图5-14）。

图 5-14

(2) 点画变化

不同的字体也有不同的点画特征，汉字中的宋体字有字角笔型变化，而黑体基本没有，拉丁字体也按照笔型不同区分为饰线体和无饰线体两大类，通过不同的笔型特征的改变又产生出了许多新的字体。因此，品牌字体的笔型变化相对基础字体而言更加自由多样，但应注意变化的统一协调性以及保持主笔画的基本绘写规律，如图 5-15 和图 5-16 所示。

图 5-15

图 5-16

(3) 结构变化

标准字体的结构通常空间疏密布局均匀、重心统一，并且一般被安排在视觉中心的位置（见图 5-17）。通过改变字的笔画间的疏密关系，或对部分笔画进行夸大、缩小以及改变字的重心，可以使字体显得新颖、别致并充满活力（见图 5-18）。

图 5-17

图 5-18

(4) 构成变化

商品品牌大都是由几个字幅或字母组合而成，标准字体的排列是很规整的，打破这种规整的排列，重新安排排列秩序也是一种变化的手法（见图 5-19）。另外，重新设计字符的字距和行距也可以使品牌字体具有新的视觉特征（见图 5-20）。

图 5-19

图 5-20

(5) 阅读法

设计中，字体的排列变化应同时考虑到人眼的阅读规律，设计以可读性为原则。

5.2.3 品牌字体的设计表现手法

1. 造型法

对笔形特征进行图案化、线形变化、立体化等装饰。对品牌字体整体外形做透视、弯曲、倾斜、宽窄等变化。通过重叠与透叠使字符间关系更加紧凑，品牌字体外形的整体感更强。采用借笔与连笔设计增强趣味性和整体感，断笔与缺笔则使字体留下悬念与想象空间。如对字体首字符进行了花藤的装饰，增强了其艺术趣味，彰显活泼与美感（见图 5-21）。同样是对首字符进行了设计，对字体与图形进行叠加，增加其层次感，使得品牌字体的外形整体感更强（见图 5-22）。

图 5-21

图 5-22

2．正负形法

合理运用图与地之间阴阳共生的关系，增强品牌的形象力，这种表现手法充分发挥了品牌字体中的空白部分（地）的表现力，使字体形象更加整体和具有魅力 (见图 5-23) 。

图 5-23

3．形象法

把文字与具体形象相结合，使文字本身的含义更形象化，有利于信息传达，而且生动、活泼、易记。表现手法可以利用笔画结构本身进行形象化，也可以利用添加形象的方法或结合变异的手法进行设计表现，如图 5-24 和图 5-25 所示。

图 5-24

图 5-25

4．空间法

运用体面、透视、光线、投影、空间旋转、笔画转折等处理手法使字体更加醒目。如对字体进行立体设计，使字体更加清晰明朗，品牌形象进一步突出（见图 5-26）。另外如对字体的首字母进行空间扭转，使字体别具特色（见图 5-27）。

图 5-26

图 5-27

5．意象法

运用不同的工具如毛笔、钢笔、苇杆笔、炭笔、马克笔等，可以创造出不同风格的笔型特征，而利用不同肌理纸张，可以产生风格多样的视觉特征。品牌字体中的手写体表现手法目的性明确，在立足于审美的基础上，要结合商品的属性和个性进行设计，如图 5-28 和 5-29 所示。

图 5-28

图 5-29

5.2.4 文字设计的特别价值

1．文字可以体现民族文化特色

文字是人类文明史的产物和符号。在中国，文字的书写更发展成为书法艺术，即中华民族审美文化的一种象征性的艺术表现形式。人们通过书法抒发自己情感的同时，也使书法字体本身具备了多种多样的形态和精神表象。通常情况下，书法要素更多地运用到传统商品和具有民族特色的商品包装中，如图 5-30 和图 5-31 所示。

图 5-30

图 5-31

造型形象与商品内容之间的和谐统一也是设计者必须考虑到的。日本传统商品的包装上使用书法字体是一种普遍现象，而且把书法字体的表现性发挥得淋漓尽致。作为一个优秀包装设计师，应该懂得什么样的书法造型适合什么样的商品，把商品特色和设计完美地结合在一起。

2．拉丁文的设计特点

大部分拉丁文商标标志采用的形式是简明、突出，便于传媒的使用和制作。而且，拉丁文具有强烈刺激的识辨性，易于识别和记忆。再者，其造型虽比较抽象，经过设计师的设计制作，单字母形式的商标、标志便会显示出它独特的魅力。如以字母构成商标标志的成功案例有意大利世界航空公司的标志（见图 5-32），用 Alitalia 的首写字母 A 作为设计对象，将 A 的外形和横划作三角形变化，使之互相适合并形成一阳形三角形；三角形的锐角向上，有奔腾上升之意。整体造形是飞机尾翼的形状，因此，将其装饰在飞机的尾翼上，标志形和尾翼图形浑然一体，非常适合、醒目。

图 5-32

3．文字与品牌形象

文字可以突出品牌形象。以品牌形象为主要造型要素，通过文字的编排对比，商品包装形象更加简洁，具有强烈的视觉冲击力，从而使品牌形象具备强烈的视觉效果。同时，文字还可以体现商品的特色和品位。商品有着不同的档次和用途，在字体的设计应用上也是如此，如许多高档化妆品的包装设计就以品牌的字体形象为主要视觉表现要素，这时字体的品位和设计特色就代表了商品本身的特点，如图 5-33 和图 5-34 所示。

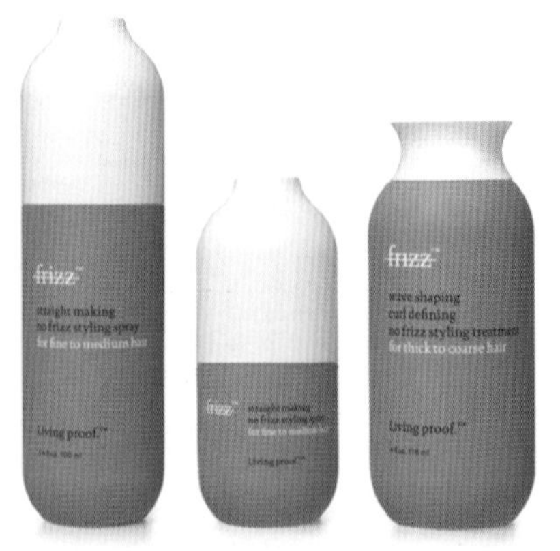

图 5-33

图 5-34

5.2.5 正文印刷字体的设计

包装设计中的功能性说明文字为了保证高效率的信息传达，通常采用可读性强的基本印刷字体。但是不同的印刷字体以及不同的编排方式，都会形成不同的风格特点。

1．中文字体

每一种字体所产生的时代背景都不尽相同，结构特点和笔型特征也都有所差别，因此每种字体都有其自身的风格特点，如历史感、时尚感、阅读效率、性格等。在应用时应考虑到商品本身的特征，以及注意与其他设计要素之间的协调关系。汉字的基本印刷字体主要是指宋体和黑体。

(1) 宋体起源于宋代，是随着我国雕版印刷术的发明而产生的字体。早期的宋体是根据楷书发展而成，但雕刀在雕刻过程中，笔画的钝角和转折等笔型特征逐渐变得简洁有力，在明代时形成了字形方正、横细竖粗、风格典雅的宋体，也称明朝体，它奠定了现代宋体结构的基本风格特征，是到目前为止最有利于阅读，使用最广泛的一种中文印刷字体类型。在传统商品、文化用品等包装中被广泛应用（见图 5-35）。

图 5-35

(2) 黑体则产生于近代，它是在宋体结构的基础上取消了粗细变化和字角特征，横竖笔画粗细一致，方头方尾，灰度比宋体要重，因此得名黑体。黑体在视觉上庄重有力，朴素大方，非常醒目，适合于标题、广告宣传文字和简短文本的应用，如图 5-36 和图 5-37 所示。

图 5-36

图 5-37

2. 拉丁字体

拉丁字体从笔型特征上可以分为饰线体和无饰线体两大类型。饰线体指的是字体笔型的字脚变化装饰，主要字体见安色尔体、卡罗琳体、哥特体、加拉蒙体、意大利体等都是带有字脚变化的饰线体。无饰线体则是到了 19 世纪初才在英国出现于广告宣传中，其笔画粗细基本相等，完全抛弃了字脚变化，十分朴实醒目。

拉丁字体按照外形结构特征的不同又可分为古体结构（不等宽比例结构）和现代体结构（等宽比例结构）两种。古体结构是以古罗马体的特征为代表的，字母间宽度差异较大。到了 18 世纪末，意大利人波多尼在古罗马体的基础上设计出了比例在视觉上等宽，更便于视觉阅读的现代体结构，从而形成了一个崭新的文字设计风格体系（见图 5-38）。

图 5-38

常在突出历史文化感的商品中为了显示其历史感，会使用古体结构的各种饰线体，见古罗马体、哥特体、意大利体等；现代体结构的饰线体波罗尼体，由于其典雅大方、阅读流畅、适用性强的特点，现在成为使用率最高的正文用印刷字体。无饰线体结构则以其视觉传达的高效性及时代感而成为工业品、日用品、药品、流行商品包装上

主要使用的文字，而且许多时尚性的商品，如饮料、服饰、小食品等许多商品的品牌字体设计也是在现代体结构的无饰线体基础上发展变化设计而成的，具有强烈的时代气息（见图 5-39）。

图 5-39

3．中文字体与拉丁字体的组合原则

(1) 字体风格的和谐，如中文使用了有笔型特征的宋体，拉丁文字体则选用现代体结构的饰线体；中文使用黑体，拉丁字体则适合选用无饰线体，如图 5-40 和图 5-41 所示。

图 5-40

图 5-41

(2) 字号大小和谐一致，中文与拉丁文说明在功能上一般是同等的，没有谁重谁轻之分，选择字号相近的字体较为适合（见图 5-42）。

图 5-42

(3) 字体灰度应和谐统一，应尽量采用字体笔画粗细相近的字体（见图 5-43）。

图 5-43

(4) 分开排列、便于阅读。在排列上，一般将两类说明文字放在不同的侧面上以便于不同的消费者阅读，或者排列在一个版面中但保持中文与拉丁文字体之间相对的独立性。

4．文字编排的基本原则

(1) 首先应当分析对象文字内容的主次关系，并在构图布局中突出表现主题文字（见图 5-44）。

图 5-44

(2) 应当考虑到造型、材料等方面的限制，在编排方式上注重与整体风格的协调统一。

(3) 要选择适合的字体。选择适合的字体是增强商品个性化的首要条件。选择字体时，要注意字体与内容在性格气质上的吻合或象征意义上的默契，不同形态的包装运用不同的字体，以适应造型与结构的特质。例如饮料等商品的字体，采用哥特式的字体，增加趣味，充满活力，会产生活泼和亲切感（见图 5-45）。

图 5-45

(4) 文字编排得当便具有良好的识别性和可读性，可减少视觉疲劳。文字要简练、真实、生动、适时、易读、易记。

(5) 编排设计的基本要求是根据包装内容物的属性进行设计，从整体形象出发，根据文字本身的主次，把握编排的重点、均衡和变化，如图 5-46 和图 5-47 所示。

图 5-46

图 5-47

(6) 包装设计中文字编排的基本形式有：横排形式、竖排形式、斜排形式、圆排形式、阶梯形式、轴心形式、穿插形式、草排形式、集中形式、对应形式、重复形式、象形形式等。以上这些形式可单独使用，也可各种形式互相结合应用，在实际编排中还可以创造出更多种形式，如图 5-48 和图 5-49 所示。

图 5-48

图 5-49

5.3 视觉设计中的图形

在包装设计上有效使用各种图形，无论是通过插画还是照片展现，都能留下鲜明的视觉印象。这种对图像的运用会增加消费者的兴趣，而消费者总是在阅读文字之前先观察画面，所以如果运用得当，图像就会成为强大的销售工具。

5.3.1 包装设计的图形元素

1. 各种标志和符号

(1) 商标标志。商标标志是包装中重要的元素之一，是品牌最重要的视觉符号，它代表着企业的文化和经营理念，是消费者体验和感受企业最直观的“窗口”。因此，它在包装设计中所占的面积、位置都是很重要的，如图 5-50 和图 5-51 所示。

图 5-50

图 5-51

(2) 企业标志。企业标志主要是代表企业的形象，它和商标一样具有识别功能和进行注册保护的制度。也有的企业将企业标志和产品商标综合为一个形象以有利于形象宣传。

(3) 质量认证标志和行业符号。质量认证标志是行业组织对商品质量或标准的认证。如我们常见的绿色环保标志、绿色食品标志、回收再生标志等。此外，一些在商品流通和使用过程中的说明符号，如储运指示标识、废弃方式标识、开启方式标识等，也常在包装上出现。

2. 装饰图形

装饰图形的使用是为了加强包装的视觉张力，深化艺术效果和产品形象。图形可分为传统图形、现代图形。设计上利用抽象的图形或装饰纹样来增强包装设计的形式感，使商品包装形象具备鲜明特征。比如在传统商品、土特产品、文化用品的包装上装饰以传统图案、纹样、吉祥图案、民间图案等，可以有效突出产品的文化特征和民族地域特征。在现代商品的包装上使用抽象图形则可以增强现代感和时尚气息，增加商品的视觉价值，并引起消费者的情感共鸣，促成购买行为，如图 5-52 和图 5-53 所示。

图 5-52

图 5-53

3．抽象图形

抽象图形是指用点、线和面元素组成的图形。在包装画面的表现上，抽象图形虽然没有具体的形象，但是同样可以传递出特定的信息。抽象的点、线、面变化可以成为表现的手段，激发观者的感受，引发消费者关于产品及生活方式的种种想象，常见于电子、信息、礼品等商品的包装，如图 5-54 和图 5-55 所示。

图 5-54

图 5-55

4．具象图形

具象写实图形的造型方式是以写实性绘画或摄影手法表现产品的具体形象，具有真实、直观的视觉效果，可以准确地传达信息，图片的视觉效果写实、逼真，可以刺激消费者的购买欲望，其主要包括以下几个方面。

(1) 产品实物形象。在包装上展现商品的形象是包装图形设计中常用的表现手法，通过摄影或写实插画对产品进行美化的视觉表现，使消费者能够从包装上直接了解商品的外形、材质、色彩和品质。此外还可以通过特写的手法对商品具有个性的部分进行放大展示，在包装上开“天窗”的设计手法，让消费者直接看到真实的商品，都是产品实物形象的表现方式（见图 5-56）。

图 5-56

(2) 原材料形象。有些商品在制造过程中使用了与众不同的或具有特色的原材料，为了突出这一点，在包装上展现原材料的形象有助于消费者对产品特色的了解，也有利于突出商品的个性形象，以吸引消费者（见图 5-57）。

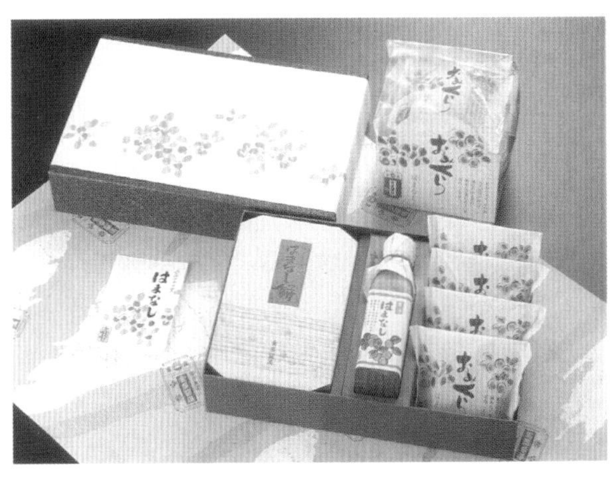

图 5-57

(3) 产地形象，对于许多具有地方特色的商品而言，产地成为产品品质的保证和象征。欧洲一些葡萄酒在包装上展示产地形象已经成为一种习惯；还有许多旅游商品，在包装上展现当地的美丽风光和风土人情，也使得包装具有浓郁的地方色彩和明确的视觉特征（见图 5-58）。

图 5-58

5．象征物

运用与商品内容无关的形象造型，以比喻、借喻、象征等表现手法，突出商品的性格和功效。在商品本身的形态不适合直观表现或没什么特点的情况下，这种表现方式可以增强产品包装的形象特征和趣味性，描绘出健康、活泼、亲和的与企业相关联的形象，并通过象征物来增加公众的认知度和认同感。

6．条形码

条形码是出售的商品包装上含有密码信息可供计算机辨认的粗细不等的平行竖线条图案。条形码可以标出商品的生产国、制造厂家、商品名称、生产日期、图书分类号、邮件起止地点、类别、日期等信息，在商品流通、图书管理、邮电管理、银行系统等许多领域都得到了广泛的应用。条形码是按照宽度不同、反射率不同的条和空编制成的，用以表达一组数字或字母符号信息的图形标志符。

5.3.2 包装图形的表现形式

1．具象图形

具象图形分为摄影和插图等手法表现出的写实的产品形象。

在包装设计中，摄影图像可以直观、准确地传达商品信息，真实地反映商品的结构、造型、材料和品质，而且也可以通过对商品在消费使用过程中的情景做出真实的再现，来宣传商品的特征，突出商品的形象，促发消费者的购买欲望。

插图的表现方法多种多样，很多插图画家都在努力尝试新的独特的表现方法，如喷绘、水彩、素描、马克笔画、油画、版画、丙烯画、水粉画、蜡笔画、彩色铅笔画等，都具有丰富的表现力。还有许多插图画家不拘一格，多种材料综合运用，创造出独特的效果。此外，Painter、Illustrator 等计算机绘画软件也为插图创作提供了新的表现力，提高了创作效率。

2．漫画、卡通形象

漫画和卡通形象也越来越多地出现在商品包装上，使商品包装形象更加生动和具有亲和力，从而建立良好的形象认知度。卡通的形象代表了企业和产品的形象，因此对卡通的造型设计就要求具有个性和时代感、造型简洁、易识别，而且有很好的扩展性以适应新产品不断开发的要求，如“米老鼠”、“唐老鸭”、“机器猫”、“比卡丘”等卡通形象。许多卡通形象也得到了成年人的喜爱，为企业形象的推广宣传创造了具有亲和力的氛围，如图 5-59 和图 5-60 所示。

图 5-59

图 5-60

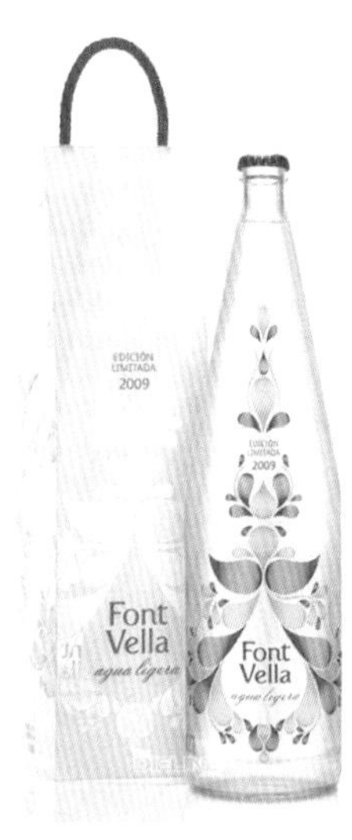

图 5-61

3. 抽象图形

以各种点、线、面组成的抽象图形形式，在很多商品包装设计中应用得非常广泛。抽象图形表现手法自由，形式多样，肌理丰富，时代感强，给消费者在视觉中创造了更多联想的空间。“抽象”和“具象”的表现手法都注重一个“象”字，但内容却完全不同，具象的“象”是指与客观对象形象及造型特征之间的形象联系，注重“形象”的象；“抽象”的“象”则更注重“意象”的象，就是通过点、线、面的构成，肌理的特征和色彩关系所传达出的视觉特征和情感特征，来象征商品的内在属性和性格，通过人们的视觉经验产生联想，从而了解商品的内涵。抽象图形表现自由，丰富多样，但从手法上大致可以分为以下三类。

(1) 有机抽象图形。它是指创造者通过对点、线、面等造型元素进行精心的编排和设计，以创造出视觉上具有个性的秩序感，按照造型的形式规律进行节奏韵律、对比、均衡、疏密等多种形式的组合，以创造出不同的视觉特征。

(2) 偶然抽象图形。“偶然”是相对“人为”而言的，其本质也是人所创造设计出来的，但是形象更具偶然性，因此显得自由、轻松并极具人情味。偶然图形的创作手法很多，比如利用水的特性如吸附、泼洒、吹散、油水相斥等手段进行创作，利用不同材质进行拼贴，或利用拓印的方法及手撕、火烧等方法产生的自然形态等（见图 5-61）。

(3) 肌理效果。不同的材质表面都具有其表面的肌理特征，不同肌理的粗糙与光滑、干燥与湿润、冷漠与温暖，都会给人以不同的视觉感受和联想，运用相应的肌理特征与商品本身的特征进行结合，可以反映出商品的性格和属性。比如有的香水包装采用了大理石的肌理以体现高品质的视觉感受（见图 5-62）。

图 5-62

4. 指导性插图

指导性插图被定义为用于提供信息、具有实用功能或者教育意义的图像。这种画面通常被用于包装设计之中，以便展示商品使用的过程。与更具美感的视觉画面不同，这些指导性插画起到了为消费者们提供指导的重要作用。指导性插画也可用于演示，例如，如何打开包装，如何使用、存放产品等。

5．符号

符号或标识可以是简单的平面图示，也可以是复杂精致的图案设计。在为包装采用或设计符号的过程中，务必要留心考虑其中是否存在相冲突的文化意义。包装设计中符号的选用和设计必须经过透彻的调查测试，以便确保这些符号的传达效果能够符合设计者的初衷。

6．装饰图形

装饰图形是人类对自然形态或对象进行的主观性的概括描绘，强调平面化、简洁，注意黑白的有机关系和韵律感，以及表现上的规律性。我国传统中别具一格的图腾纹样、传统的宗教图像、吉祥的民俗图案无不如此，为包装设计提供了丰富的营养。设计中汲取民间艺术精华的装饰艺术不是照抄民间艺术，而应倾注设计者的感情、理想，使设计更加意境化、理想化，更切合于包装物的特点。我国几千年前古代的彩陶纹样就是装饰图形的典范，彩陶纹样大多是对自然形态的模仿，但古人并不是一味地追求写实，而是以强烈的主观创造性语言来强调事物的主要形象特征，对形态进行归纳、简化、夸张，并运用重复、对比穿插等造型形式规律，创作出了精美的图案。因此，在包装设计中运用传统及民族的图案，可以使包装具有很强的装饰性、民族特征和文化内涵（见图 5-63）。

图 5-63

5.3.3 图形设计的原则

1．信息传达原则

包装上的图形必须真实准确地传达商品的信息。准确性对于商品来说就是“表里如一”，商品的特征、品质、品牌形象、信息能够清晰地通过视觉语言表述清楚。准确性对于消费者来说则表现为一种“亲和力”，每一种商品都有其目标对象、消费人群，因而就有着不同的喜好和审美情趣。有针对性地设计才可能使美感的表现产生共鸣，才能使消费者对商品产生兴趣和购买欲望。

2．视觉独特性原则

商品经济的快速发展，同类商品的种类增加，商品的细分更加明确，然而单一的同类产品已经不能满足人们多元化的消费需求，那么，什么样的商品包装才能吸引消费者注意呢？首先，包装设计必须要有新颖独特的视觉感受，要具备独属自己的设计风格，给人以美好的感受与联想。其次，图形样式要求简洁生动、新颖独特、富有个性和与众不同。具体来说，处理好画面的简洁与复杂的关系，跳出固有的设计模式，以全新的理念进行创新设计，只有这样才能实现独特而美好的视觉感受。

3．具备健康的审美情趣

现代商品的包装不仅仅是一种商业媒介，更是一种文化产品，它所塑造的形象代表着一定时期的审美与文化特征。因此，在进行包装设计时，不论创意如何新颖独特，都要注意健康的审美表现。一些带有迷信、色情、暴力等不代表美好生活的图形是不宜用于包装设计的。

4．图形的普遍性和特殊性原则

图形对于不同的消费者会产生不同的感受，这是图形设计的特点，也反映了图形语言的局限性，只有认清这种局限性，才能使设计有针对性。针对不同的国家和地区的包装设计，由于民族习俗的关系，在图形的设计上应有所考虑。

5.4　视觉设计中的色彩

色彩作为一种设计语言，在包装设计领域中最具视觉冲击力，不仅是商品包装的重要元素，又是销售包装的灵魂。商品包装设计中的色彩效果，起着提高商品销路的决定作用。成功的色彩运用，能给消费者留下极深刻的第一视觉印象，从而产生购买的欲望。许多消费品都是通过其包装设计上的色彩而被消费者们认识的。颜色是产品个性或品牌形象中的一个重要方面。在一款包装设计上或者在一系列产品的包装上一贯采用某种颜色，这种颜色就可能成为该品牌的一种标志，如图 5-64 ～图 5-66 所示。

图　5-64

图　5-65

图　5-66

5.4.1　整体性原则

包装设计是融合形象、文字、商标、色彩、技法、构成等多种因素的综合性设计体系，它要求将每项设计都作为一个整体来对待，要在设计构思和行为过程中，始终贯穿着一种整体意识。因此，设计者必须对设计过程中有利因素和制约因素作认真细致的分析，并对设计要求和条件加以系统化、条理化区分，将其分为不同层次，逐一解决。

1．整体与局部的用色原则

一件商品包装的形象给消费者的最初视觉感受取决于整体色彩的色调，在这当中，在画面中占据最大面积的颜色决定了整体色彩的特征。依照调和的配色方法，就可以得到不同的色调效果。不过一味强调整体色调的统一，会使画面缺少生机和活力，运用小面积的与主体色调相对比的色彩，可以使画面活跃，这种对比也可以使设计主题得到加强。活跃的色彩往往被安排用于品牌和主体形象等重要位置，使它们在整体色调统一的基础上得到突出。

2．用色的整体原则

包装设计的视觉要素是由文字、图形、色彩、材料肌理四个方面组成的，每一项要素都具有自身独立的表现力和形式规律。包装视觉设计的目的，就是要将这些不同的形式要素纳入到整体的秩序当中，形成一种和谐统一的秩序感和表现力，这样才能有效地表现包装整体视觉形象，否则即使有好的色彩或字体形象、图形，也可能缺乏协调的配合，会削弱视觉语言的表现力和视觉传达的明确性。

3．“图色”与“地色”搭配原则

在设计中，画面上有的颜色是以主体图形的状态出现，有的则是以底色或背景色的状态出现的。一般的色彩性质，鲜艳的颜色要比暗色更具有图形效果，齐整的色彩形状和小面积的颜色要比大面积的颜色更具有图形效果。因此在包装色彩设计时，一般将纯度、明度、色度高的色彩用于品牌文字、图形形象等主体表现要素当中，这样可以有效地突出主题设计和良好的品牌形象表现力（见图 5-67）。

图 5-67

5.4.2 共性原则

人们通常对于色彩都有一些直观的共同感受。比如，蓝色常使我们联想到大海、天空，绿色联想到青草、生命，紫色感觉高贵、神秘。如橙色使人联想到水果，绿色使人联想到蔬菜，红色联想到太阳、火焰，黄色联想到花朵、青春等。包装的色彩与商品内容的属性之间长期、自然地形成了一种内在的联系，每一类别的商品与特定色彩在消费者的印象中都有着根深蒂固的色彩对应关系，人们有着凭借色彩对包装商品性质进行判断的视觉习惯，因而对包装的色彩设计有着重要的影响。因此，在进行包装设计时，对于色彩的选择不仅要考虑人们的习惯，更重要的是要结合产品的性质、使用特征等进行取舍。

5.4.3 差异性原则

1．年龄差异

不同年龄段的人对色彩的感觉和认知不同，如少儿天性单纯率真、无忧无虑、思维单纯，大多数喜欢活泼、艳丽的色彩；青年情感奔放、思维敏捷、勇于标新立异，对于一切新奇事物均有好奇心理并较易接受，所以大多数喜欢亮丽的颜色；中老年人或多或少都有怀旧情结，因此他们大多数喜爱庄重、大方、淡雅的色彩组合。如图 5-68 和图 5-69 所示为不同类型的色彩表现。

图 5-68

图 5-69

2. 性别差异

性别上的差异也极大影响了对色彩的主观感受。女性较喜欢柔媚淡雅的色彩，如粉红、紫色、浅黄、草绿等。而蓝、灰、黑、褐等颜色代表沉稳、智慧等感受，较符合男性的心理特质而受到男性的普遍喜爱，如图 5-70 ～图 5-72 所示。

图 5-70

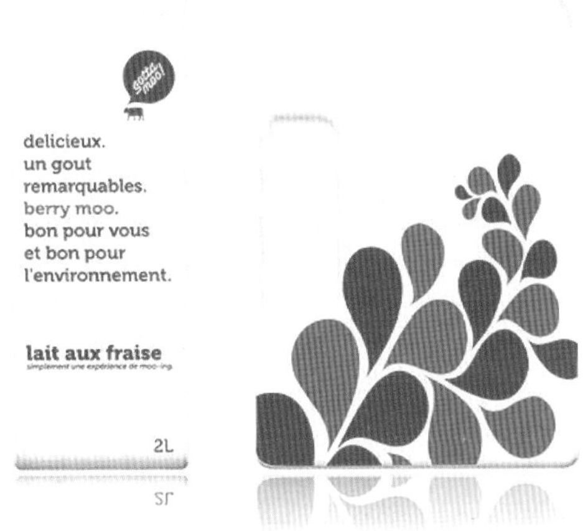

图 5-71

图 5-72

3. 文化差异

任何一个包装，不论是传统的或是现代风格的包装，都离不开本土文化的依托，无论是在外观结构造型还是在艺术处理方面都或多或少地带有其本土审美倾向和情感倾向的影子，本土文化对色彩的使用偏好的影响则更加明显，如图 5-73 ～图 5-76 所示。

图 5-73

图 5-74

图 5-75

图 5-76

4．品牌差异

包装主色彩的选用，要视市场的竞争和发展情况而定。如果同类商品已经使用过某种色彩，那么在设计选择色彩时，一定避免这种色彩，另找适合市场营销特点的新的象征色，以提高产品销售的竞争力。

5.4.4 情感性原则

在包装设计中，巧妙地应用色彩感情的规律，充分发挥色彩暗示的作用，能引起消费者的广泛兴趣和注意力。色彩学家伊顿说过：“缺乏视觉的准确性是没有感人力量的。”随着人们生活水平的提高，用于包装的色彩呈现出越来越人性化的发展趋势，包装色彩除了满足产品功能上的要求外，还可以满足消费者的精神需求。作为包装设计的一个重要元素，色彩能够唤起消费者情感共鸣的美感要素而存在。

一个成功的包装色彩设计，不仅对产品的宣传起到了广告性的推销作用，而且还能通过一定的艺术形式展示其特有的魅力，使人产生情感上的共鸣，给人以美好的艺术享受，从而起到潜移默化的审美作用。色彩设计的审美性，要求设计者具有敏锐的洞察力、广泛的艺术爱好和良好的文化素养，善于应用色调、构图等艺术因素，全面提高该产品的艺术魅力。

5.4.5 适用性原则

不同地区、国家、民族的人因其年龄、性别、经历、习俗、阶层不同，审美观就不同，对不同色彩的感情、联想便存在差异。

包装上色彩的感情作用包括冷暖感、轻重感、软硬感、厚薄感、香臭感、距离感及华丽感、质朴感等。设计师对色彩的选用，取决于他把握人们心理的程度。以下是一些国家和地区对不同色彩的喜爱和禁忌。

中国、日本、朝鲜、新加坡、东南亚等国家和地区，人们喜爱红色、绿色、黄色（皇室专用），忌讳黑色、白色。在法国、比利时等国家和地区，人们喜爱灰色及粉红、淡蓝色，忌讳墨绿（纳粹军服色）色。瑞士人喜爱各种浓淡相间的色彩，忌讳黑色。德国人喜爱明色，忌讳茶色、深蓝色、黑色、红色。爱尔兰人喜爱绿色、鲜明色，忌讳红色、白色、蓝色（英国国旗色）。美国、加拿大、芬兰人无特殊喜恶，一般忌讳白色、黑色、黄色。

在设计包装色彩时，充分了解不同性别、年龄、文化群体的色彩心理，洞察不同地区的色彩文化特征，使之与民族文化、宗教信仰、对象群体特征吻合，这将对商品的销售和流通有至关重要的作用。

5.5 包装版式设计

5.5.1 包装版式设计原则

只有把文字、图形、色彩等各种视觉因素有机而巧妙地组合起来，纳入到整体之中，形成一种统一的秩序感和表现力，才能有效地表现包装的整体效果。反之，则只会使设计混乱不清。在进行包装的版式组合设计时要注意以下几点。

1. 统一性

文字、图形、色彩之间都应做到和谐统一。在编排设计中，我们所要强调的是文字、色彩、图形、肌理等各要素之间的统一、和谐关系，这种关系就体现在其内部编排结构的秩序当中。

在包装编排设计中，不论以品牌形象为主进行表现，还是以色彩为主进行创造，都应针对消费者的审美喜好，结合商品的主题，运用合理的内在秩序使各要素相互配合，体现视觉形象的个性特征（见图 5-77）。

图 5-77

2. 个性

包装就是商品的外在形象，包装设计的风格取决于商品的性格特征。商品的大小、软硬、古朴或时尚、柔和或强烈、奔放或典雅等，这些特征应该在设计中用视觉语言准确地传达给消费者，也就是说，包装设计的艺术表现形式应建立在商品内容特征的基础上，体现目的性与功能性。

有时为了更好地将包装与商品进行结合，设计者除了在视觉要素上进行设计以外，还可以在容器的造型和包装结构上下工夫。在包装上开天窗的方法、POP 广告式包装、展示包装、容器造型的象形设计手法等，都可以有效地加强包装设计的针对性与独特性（见图 5-78）。现代企业的竞争早已进入个性化的时代，包装策略也由过去的美化商品演变为彰显个性，顺应时代发展潮流是包装设计成功的关键因素之一（见图 5-79）。

图 5-78

图 5-79

5.5.2 版式形式法则

1．比例与分割

比例是指部分与部分，或是局部与整体之间的数量关系。比例关系成为一种格调时则成为一种美的条件。黄金比例为 1:1.618，古希腊人在建筑、雕刻等艺术造型活动中以这种比例关系为美丽和神圣的比例，直至今日，这种比例关系对绘画及设计等造型活动仍产生着很深的影响。一件好的包装设计也需要有好的比例，包装版式中的图形、符号、色彩、文字等一切要素，相互间应该有良好的比例关系才能给人以美感(见图5-80)。

图 5-80

在包装设计中，能够表现的空间是有限的，我们在有限的空间内进行设计创作，有关空间的分割划分就非常重要，它是突出主题和创造风格的基本造型手法。分割的主要类型有：等形分割、等量分割、具象形分割、相似形分割、渐变分割和自由分割等方式。

2．对比与调和

在包装版式中把图形、文字、色彩、肌理等要素综合考虑，相互结合，相互作用，创造出对比的效果，可以有效地突出商品形象和个性，产生多彩多姿的表现力。对比的表现因素很多，除了色彩对比外，如大小、曲直、高低、多少、粗细疏密、轻重、动静、虚实等，都是有效的对比表现手法，如图 5-81 和图 5-82 所示。

图 5-81

图 5-82

调和的意义在于两种以上的要素在视觉中以和谐统一的面貌出现。调和与对比在概念上具有相对性，但在实际设计当中又是两个不可缺少的因素，采用什么样的对比与调和形式，则应依据商品属性来决定。

3．节奏与韵律

节奏与韵律感可以使包装版面设计具有生气和积极向上的活力，在这其中起关键作用的是内在的规律，也就是节奏的方式。节奏的表现手法有很多，比如说重复、渐变、放射、聚散等结构形式，都能体现出节奏感。这种内在结构决定了画面视觉效果的特征和节奏感的强弱，如图 5-83 和图 5-84 所示。

图 5-83

图 5-84

5.5.3 包装版式设计应用规律

包装设计的视觉编排，包括内在的形式规律和外在的变化效果，前者支配后者。在进行编排设计时，不仅要注意外在的表现和内在的逻辑，处理好图形、文字、色彩之间的大小比例及逻辑关系，还要注意统一性、整体性、关联性、生动性等原则方法，各个部分要向一个目标靠拢，清晰地表达一个意义。使各元素之间构成一个和谐的整体。编排设计的基本方式大体上可归纳为以下常用的构成类型。

1．对称式

对称式构成形式可分为上下对称、左右对称等。其视觉效果一目了然，给人一种稳重、平静的感觉。在设计中应利用排列、距离、外形等因素，造成微妙的变化（见图 5-85）。

图 5-85

2．均衡式

均衡式具有横向平行、竖向垂直、斜向重复的构成基调，在均匀、平齐中获得秩序。在单一方向的构成中，在编排设计中要注意主要形象与次要形象之间的平衡关系（见图 5-86），以取得视觉上的稳定感。

图 5-86

3．线框式

以线框作为构成骨架，使视觉要素编排有序，具有典雅、清晰的风格，在具体构成时应视情况而变化，避免过于刻板、呆滞。画面中不一定要出现有形的线，图形轮廓形成视觉上的线也有同等作用（见图 5-87）。

图 5-87

4．分割式

分割式是指在视觉上要有明确的线性规律，分割的方法有以下几种：垂直对等分割、水平对等分割、十字均衡分割、垂直偏移分割、十字非均衡分割、斜形分割、曲线分割等。分割是一种明确的对画面进行空间、位置、形状的安排构成方法，它可以使画面呈现出明显的秩序感。分割设计应注意各个局部与整体之间的和谐统一关系，如图 5-88 和图 5-89 所示。

图 5-88

图 5-89

5．穿插式

穿插式是使文字、图形以及色块等要素相互穿插、交织、结合的一种表现方法。多种形式的运用将会带来富有个性的响亮效果，既有条理又较丰富多变。在进行组织构成时（见图 5-90），它通常能有效地突出主题，视觉上变化丰富。但应注意主次关系以及相互协调，以免造成杂乱之感。

图 5-90

6．重复式

重复的构成方式一般会产生单纯的统一感。其效果统一，视觉强烈，秩序感强。在重复的基础上稍作变化，将会产生更加丰富的效果（见图 5-91）。在重复设计时，可以利用多种重复发展方式，以增强视觉特征和丰富感。包装纸的设计就是典型的重复手法的设计。

图 5-91

7. 中心式

中心式是将视觉要素集中于中心位置，四周留有大片空白的构成方法。主题内容醒目突出，效果高雅、简洁。所谓中心，可以是几何中心、视觉中心，或成比例需要的相对中心。在设计时应讲究中心面积与整个展示面的比例关系，还须注意中心内容的外形变化，如图 5-92 和图 5-93 所示。

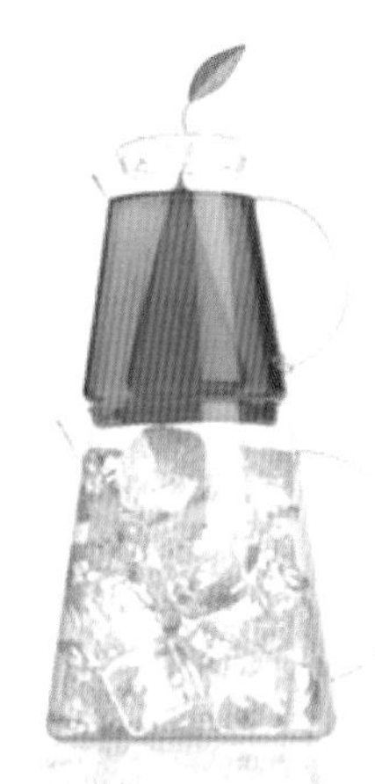

图 5-92

图 5-93

8. 散点式

散点式是视觉要素分散配置排列的构成方法。形式自由、轻松，可以造成丰富的视觉效果。构成时需讲究点、线、面的配合，并通过相对的视觉中心产生整体感（见图 5-94）。

图 5-94

9. 聚焦式

聚焦式编排方法通常是将品牌的主体形象安排于画面的视觉中心点，周围则留以大面积空白，突出主体文字与图形，其视觉效果的冲击力很强，极富现代感。在设计时要敢于留出大片空白，处理好空白部分与密集部分的关系，以使品牌得到强化突出（见图 5-95）。

图 5-95

10. 对比式

对比式是将图文编排特意制造较大的差异，形成强烈的视觉对比。其与聚焦式有相同的目的，但是更注重画面图文的趣味性，有大小对比、高低对比、疏密对比，具有奇异的趣味性。对空白的处理不能盲目，差异固然能产生视觉效果，但画面的均衡也要多加考虑。此外还应在质地对比、色彩对比、位置对比、动态对比等方面予以配合，这样则更能加强对比效果（见图 5-96）。

图 5-96

11．疏密聚散式

疏密聚散式是它通过造型要素在空间中的聚合与分散，位置的变化而产生节奏韵律感，轻松自由，变化的余地较大。编排上的自由是相对的，它也应该遵循相应的内在规律，例如均衡、韵律感的结合，如图 5-97 和图 5-98 所示。

图 5-97

图 5-98

12．肌理对比式

肌理对比式是利用包装材料或印刷工艺产生的肌理特征进行对比，造成独特的视觉个性，如图 5-99 和图 5-100 所示。

图 5-99

图 5-100

13．综合式

综合式是一种无固定规则的构成方式。无固定规则并非不具有规律性，而是强调遵循多样统一的形式规律。综合式的应用将会产生多样丰富的效果，如图 5-101 ～图 5-103 所示。

图 5-101

图 5-102

图 5-103

5.6 系列化包装设计

系列化包装最早出现于20世纪50年代，第二次世界大战结束之后，由于商品生产的高速发展，市场竞争日趋激烈，同类商品的花色品种日益增多，单一的商品形象被琳琅满目、五光十色的众多商品冲击、淡化直至淹没。在此形势下，因为系列化包装设计有利于树立企业形象、信誉和提高产品竞争能力，开始受到设计界和生产企业的重视。这也符合了商业促销的要求，使人们的设计思路不再侧重于艺术表现，转向研究信息传播与视觉接受的关系上。特别是超级市场出现后，一系列的集团公司、跨国公司纷纷涌现，他们把产品包装的系列化设计作为增强其品牌战略的重要手段之一，要求包装设计与商业行为紧密相联，与所有营销环节相配合，并取得了良好的效果。系列化包装成为现代企业包装发展的主要趋向。

系列化包装体现出群体的规范化风貌，是以一个企业或一个商标、牌名的不同种类的产品，采用一种共性特征来统一的设计。可以通过包装造型、文字、色调、图案、标识等统一设计，形成一种统一的视觉特征。

系列化包装设计强调不同规格或不同产品的包装在视觉上的格调统一，符合美学的“多样统一”原则。根据形式美的法则，使群体内的各个单体包装形成有机的组合。这种组合并不是同种商品等量同型包装的重复组合，是在体现企业多种商品包装特定视觉特点的前提下，精心设计每个单体，使之具有自身的特色和变化，达到统一中求变化，丰富商品包装效果。具体有下面几种。

5.6.1 系列化包装的特征

系列化包装给人以整齐划一的视觉效果，统一中又有局部差异。系列化包装的设计原则是整体风格一致，主体形式不变，主题名称及商标都以统一识别为主。利用同一元素的叠加印象，实现组合形象记忆加深。它整体有序地呈现在市场，对于消费者来讲，易于识别、辨认；对企业来说，优化了产品的多样性、组合性、统一性。由于系列化包装视觉元素的统一性效果，以群体形象出现，所传递的商品信息大于一般商品，给消费者留下深刻的印象，强化了商品品牌的影响力和竞争力。其主要做法是，制造商、经销商将同一品牌的同种或同类商品，采用同一商标图案、同一标准字体、同一形式格调的设计，构成包装的共同特征，加深了消费者对商品的印象，从而达到促进销售的目的。如图5-104和图5-105所示，此作品就是典型的采用同一商标图案及标准字体等进行整体的包装设计，利用女人的侧脸形成蝴

蝶图案，这也贯穿了此化妆品牌的理念，大胆的黑色也给人一种神秘感。点、线、面的构成和色彩的妙用也都是设计师所喜欢的，如图 5-106 和图 5-107 所示。

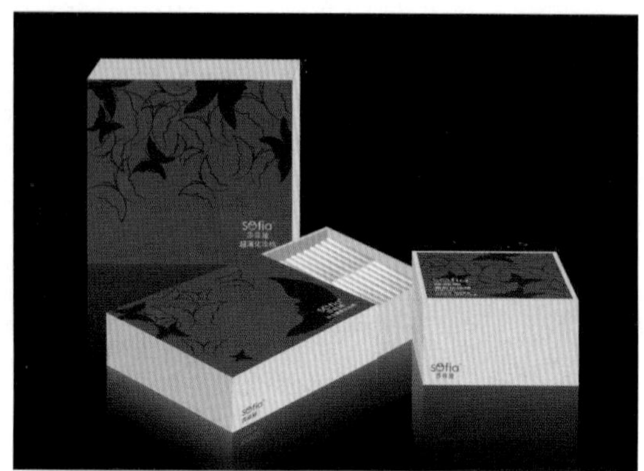

图 5-104

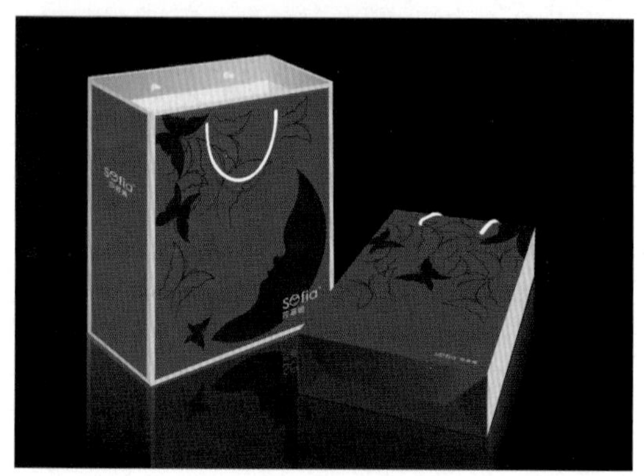

图 5-105

图 5-106

图 5-107

系列化包装在设计上强调不同规格或不同产品的包装在视觉形式上的统一性，追寻一种整体的视觉效果，但又不是同种商品数量的重复组合。因此，在体现企业多种商品包装具有统一视觉特点的前提下，还要体现不同商品的个性，在统一中求变化，从而得到既变化又统一、丰富多彩的包装视觉效果。系列化包装的表现形式多种多样，可以通过造型、色彩、构图形式等体现。对不同规格与不同内容的多种商品系列化包装，可以采用统一的牌名、商标和主题文字字体，形成系列包装。这种方法是产品包装系列化最基本的惯用方法，如图 5-108 ～图 5-110 所示。再者，为商品不同的规格和使用方法进行相应的包装设计，根据包装设计的需要，在包装造型、装潢构图、色彩等方面追求自由变化，主要将牌名和商标醒目突出并运用鲜明统一的字体，在这些不同的变化中寻求统一，给消费者以强烈的震撼力，加深消费者对产品的系列印象，以争取市场和扩大销路，如图 5-111 和图 5-112 所示。

图 5-108

图 5-109

图 5-110

图 5-111

图 5-112

系列化包装强调整体设计和商品群的整体优势，使商品声势大、特点鲜明、整体感强。有利于提高企业的知名度，也有利于形成消费群体的监督，提高企业的信誉度。在一般市场、超级市场的货架上，系列化包装大面积地占据展销空间，产生压倒其他商品的冲击力。系列化包装所呈现的群体美、规则美和强烈的信息传达，有利于与其他产品竞争。在设计上，从色彩、造型、图案装饰等中进行一方面的独特设计。这种系列的效果，能使消费者立即识别其标记和品名，从而达到印象深、记得牢的效果。系列化包装设计的优势是，在商品宣传中可取得以一当十的效果，只要集中精力进行品牌宣传，企业就能实现既减少广告开支又加强商品宣传的效果。如图 5-113 和图 5-114 所示，修长的瓶身给人一种优雅高贵的感觉。在色彩上，黑白色的搭配具有很强的视觉冲击力，这也体现了该酒的一种独特气质。这种较强烈的颜色对比，比较容易吸引人们的眼光，拥有在视觉上的卖点。黑色的底色与图形中的黑色有着较巧妙的互为衔接，这种手法所起到的效果，在众多商品中也会脱颖而出，达到吸引购买者的目的。

当一项产品在销售中获得消费者的信任，很

图 5-113

图 5-114

有可能引起重复购买，消费者若对一个系列中的一件产品有信任感，也会对系列中的其他产品产生好感，这种统一的视觉形式会带给商品优秀的品牌形象，从而刺激了消费者的购买欲，对产品的开发和市场的扩大产生良性循环的效果。

系列化包装的迅速发展，说明了现代商品包装设计发展的趋势，在追求包装设计多元化、多样化、个性化的前提下是必须形成有机的整体。总之，系列包装有其特别优势：较大的展示空间，陈列方式灵活多变，销售价格的区分，选择性的多样化，都具有方便消费者选择的引导作用。系列包装在组合形式上有形态系列、大小系列、商品系列、消费对象系列等，大大丰富了商品类别，为企业产品链的开发提供了包装表现的可能，更为设计表现形式的多样提供了较大空间。

如图 5-115 所示，此款包装采用了中间镂空的表现形式，瓶身上的文字等也配合着圆滑的瓶子外形进行设计，在瓶口的封膜和瓶身背面有着水波纹的线条，这也为此款包装增加了形式美感。这款设计主要针对于年轻人，所以以前卫的造型和亮丽的颜色为主要特点，追求活泼、年轻、有强烈时尚气息的设计风格，同时给人一种新鲜感，造型在线条上的表现与少女的柔美相呼应。美国 gloji 饮料的色彩设计十分精彩（见图 5-116），富有生气的暖色系给人充满热情和活力的感觉，富有极强的诱惑力，在色彩运用上既统一又和谐。在图形设计上，将首写字母放大，打破画面的宁静感，使包装富有活力。从整体上看，设计充满前卫的设计感，也形成了此款商品特有的标志，给消费者留下深刻印象。另外如图 5-117 所示，此款设计富有女性韵味，瓶身的辅助图形选用白色小花，这与瓶子的形态曲线有着呼应，瓶身的曲线与辅助图形的搭配也呈现出女性的柔美和典雅。如图 5-118 的品牌符号设计上，以随意的线条作为图案，强调了浪漫的气氛，使符号变得感情化，也符合了女性的特征。

图 5-115

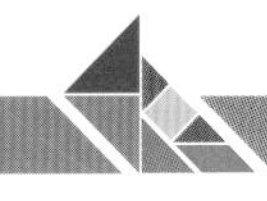

图　5-116

图　5-117

图　5-118

5.6.2　系列化包装的设计

多品种不同造型的系列化包装设计中，除采用统一的商标、字体外，还要采用同类型的构图形式或图案装饰风格，使其形成统一的系列化特色，同时在造型、规格和色彩上赋予商品灵活多变的特点及风格。如图 5-119 所示，利用图形创意，巧妙地将包装结构与产品结合起来，将瓶身作为人物的身体，在瓶身外做了很多不同表情、姿势的人物设计，使其形成一款系列化的商品。每个设计都栩栩如生，富有生活情趣，能够吸引人们的眼球，这让生活充满快乐，并且令消费者心情愉快。在包装装潢的色彩、图案运用上作改变，如果集中陈列展示，会形成丰富多彩的系列化效果，提高视觉冲击力，又增强消费者对产品的购买欲。如图 5-120 所示，此款包装的特点在色彩上，透明的玻璃瓶外有着不规则的线条，缠绕整个瓶身，不同口味和颜色的液体注入带有相应色彩线条的瓶子中，色彩艳丽，效果极具时尚特色。同时也使色彩产生美妙的视觉感受，以清新而带有线条感、光滑而具有纹路的玻璃瓶，展现出透明的彩虹效果。

图　5-119

图　5-120

5.6.3 系列化包装的分类

系列化包装分为大系列、中系列和小系列三种。大系列是CI计划中的应用设计部分，将产品包装、广告、办公用品等进行一体化设计。在国际和国内凡是实力雄厚，导入CI计划的企业，其生产的不同种类产品、同类产品、同种产品在包装设计上用同一商标、标准字体、标准色彩、标准色系和相同的表现手法，在其他设计元素方面也会作不同的系列化设计（见图5-121）。另如图5-122和图5-123所示，是同一商标的同一类商品，商品的性质或功能相近，称之为系列化设计。小系列指同种商品的不同规格型号作系列化设计（见图5-124）。

图 5-121

图 5-122

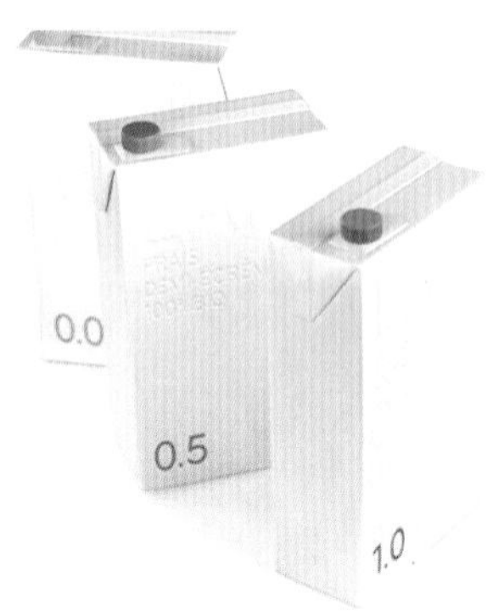

图 5-123

图 5-124

5.6.4 系列化包装的视觉设计

包装的视觉形式往往采用统一的构图格局和形式感，但注意不同品种之间的区别。例如通常见于糖果、香水等产品的系列包装往往在商品名称、图形、色彩等方面作相应变化，以达到统一多变的效果。在果汁包装中常采用统一的表现形式，区别品种之间的差异，这样的统一变化，在花花绿绿的包装设计中也会形成一种视觉冲击（见图5-125）。如图5-126所示，此款食品的包装图案设计，是通过真人的相片演变而来，采用简笔画的形式手法，勾画出各种不同的表情，这些表情也在传达着对这款食品的喜爱，这样特别的表现手法也成为它作为一种特殊的品牌标志，让消费者一眼就能在众多商品中发现它。

图 5-125

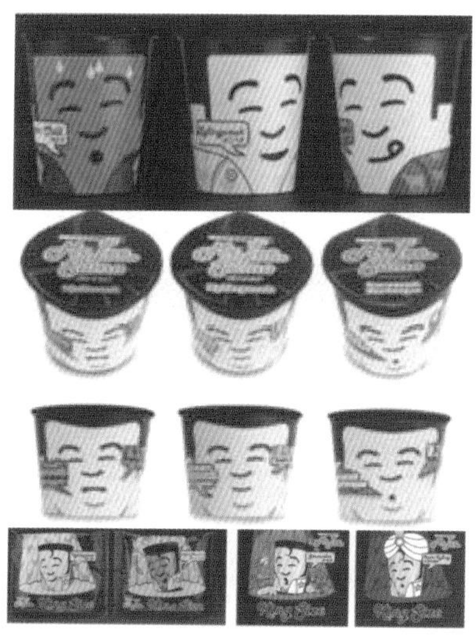

图 5-126

5.6.5 系列化包装设计的方法

系列化包装设计不一定要什么都统一，从形态、色彩、图形元素等形式上加以统一，一样可以达到系列化的效果。如图 5-127 所示，运用了中国传统的雕刻和扎染的手法，并将传统元素与新的形式结合，进行风格化的设计，体现一种古香古色的文化气息。在包装形态设计中，以不同的造型和包装方式，来体现当地的特点，以此也强化了品牌的概念，使设计意念得以延伸。如图 5-128 所示，以构成的形式表现，这些元素却又形成了一种统一，红与绿的对比搭配，也充分体现了此包装所想展现的风格。在系列化包装设计中，从大小、版式、图形、色彩、商品品名、技法这六项设计元素的异同规律来看，有些元素是不能改变的，有些元素是可以改变的。

图 5-127

图 5-128

5.6.6 系列化包装设计的要点

系列化包装强调的是在同类商品中进行变化组合，而不是非同类商品组合。比如系列化饮料产品中分有橘汁的、葡萄汁的、桃子汁的等。在设计时要创造一个统一的形式，在一个较突出的位置上突出各自的果品形象，使人一目了然，达到系列化的目的和较理想的效果，如图 5-129 ~ 图 5-132 所示。

图 5-129

图 5-130

图 5-131

图 5-132

1. 共性和个性

同种商品系列化应在共性中强调个性。以上面所举的饮料和酒类为例，将橘子、葡萄等果品形象表现得模糊不清，或因位置、大小处理不当，就不能明确、清晰地展示商品内容，这样容易引起消费者的误解，失去其包装价值。对于容器造型与规格相同的同种商品，可采用相同的构图形式、表现手法、图形、文字等形成系列感，而只通过改变包装的色调来进行变化，在集中陈列展示中可形成丰富多彩的系列化效果，如图 5-133 ～图 5-135 所示。

图 5-133

图 5-134

图 5-135

2. 统一与变化

设计中还需注意：不能使所有元素完全一致，使商品之间缺乏特色，在设计过程中要有意识地区别不同点，否则就丧失系列包装的意义。如果其他元素都不统一时，在包装纸盒造型结构设计的风格上要相同，仍可视为系列化包装设计。除这种情况外，其他五项元素——形态、大小、版式、图形、色彩中至少有一项不变，即可有系列化效果，相同元素越多，系列化的统一性越强，不同元素越多，系列化的变化越多。如图 5-136 所示，根据不同的商品特点，从而演变出不同的装饰图案，但结构的统一，又将它们形成系列化，在不同的元素中寻求一种统一，是包装设计中系列化的方法。

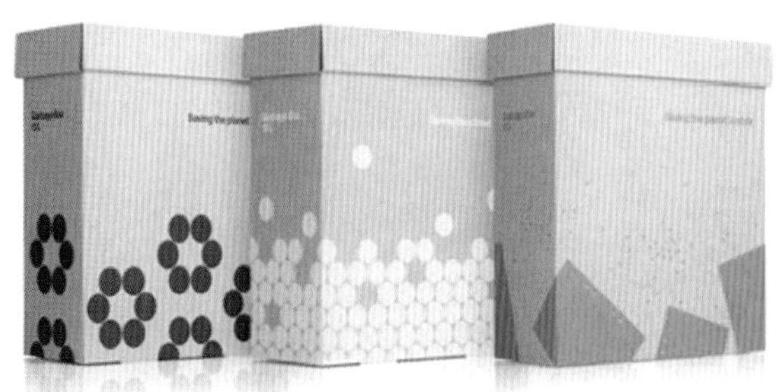

图 5-136

总之，从包装的功能和艺术表现上讲，系列化包装和其他商品包装的基本原则没有区别，不同之处在于突出强调包装视觉上的系列优点，及其变化的丰富性。在表现多样化和突出整体感上可见其在市场竞争中的重要地位。设计师需要思索和研究系列化包装的系列化特点与表现商品特性之间的形式关系和手法，适应现代商品经济发展竞争和消费者审美趋向的需要。

5.7 成组包装设计

根据消费层次、消费结构的不同，将相同产品按数量不等集中包装，称为“成组包装”，又称“多件包装”，如将酒类、矿泉水、饮料、巧克力、糕点等，根据消费者的需求，可用 5、6、8、10 等不同数量，做成成组包装，如图 5-137 ～图 5-139 所示。以同类品种的商品合成一组的形式，把各种同一使用目的的用品、食品集装成盒、成袋、成包，形成系列化，既方便顾客，又利于扩大销售。根据商品的特质对色彩进行选择，当色彩、图案、造型等统一在一起时，商品的包装形象才能更好地体现出来。一款精致的包装设计，就算被使用后，包装盒也将成为消费者舍不得抛弃的物品。

图 5-137

图 5-138

图 5-139

5.7.1 成组包装的特点

成组包装可适合家庭、旅游的不同需求，可节约购物时间，进行产品陈列、销售、携带和使用都较为方便，如图 5-140 和图 5-141 所示。由于组合后的图形、文字、色彩连成一个整体，在货架上陈列展示效果独树一帜，由于正、反面有着相同的画面，空间展示效果甚佳，远近距离都能接收到商品的视觉信息，能引起消费者的注意，提高商品信息的传播速度。

图 5-140

图 5-141

5.7.2 成组包装的设计

成组包装的商品，以生活用品、食品、饮料等为主。在设计时要以数量的多少而定，如图 5-142 和图 5-143 所示。数量大到二三十瓶的包装用瓦楞纸盒包装，在十瓶以下的饮料、牛奶，用卡隔将瓶口卡住，通常用白板纸、瓦楞纸、纸塑复合材料或硬塑料包装。成组包装的视觉设计，一般是重复内包装中瓶贴的色彩、图形和品名文字，形成统一的视觉效果。如果通过透明硬塑料直接看到内包装，则无需进行视觉设计。

图 5-142

图 5-143

思考题：

1. 包装有哪些视觉设计原则？哪个是最根本的原则？
2. 包装视觉设计的基本元素有哪些？各有什么样的特点？

第 6 章
包装印刷工艺

将方案设计变成包装实物，包装材料和印刷工艺的选择都占有重要的地位。不同的包装材料表现效果大相径庭，印刷工艺的选择也可体现不同的设计风格。同时材料和印刷工艺的选择也是控制包装成本的关键环节。本章通过详细介绍不同的包装材料和印刷工艺，使学生更了解设计与材料及印刷的关系，以便达到最终设计目的。

6.1 包装材料的选择

包装材料有着十分悠久的历史，人类早期使用天然植物枝叶根茎编成篓筐，盛装原始的商品。掌握烧制冶炼技术后，加工出青铜陶器等坚固的包装容器；随着纺织、造纸技术的发展，包装的材料有了新的突破。尤其是 20 世纪以来塑料的生产与应用，化工科技的不断发展，包装材料的不断创新，使商品包装设计达到新的应用高度。例如，牛奶作为蛋白质液体形态，极易产生变质，该产品的包装直接决定了产品的保质期限，而保质期限相应地影响到商品流通地域的范围和流通的数量。早期的塑料制品对于巴氏高温灭菌的牛奶，保质期仅有 15 ~ 30 天。1977 年利乐公司开发的"利乐枕"与"利乐砖"的包装，如图 6-1 和图 6-2 所示，在材料上采用了纸、铝、塑六层复合材料，使牛奶的保质期延长到 45 ~ 60 天，甚至长达半年。牛奶厂的库存产量得到增加，流通范围变广，商品的销售得到了提升。因此，研究包装材料，对于产品包装设计的实现起到关键作用。

图 6-1

图 6-2

在包装材料中，纸和纸板以其原料来源丰富、生产加工容易、缓冲保护性能优良、绿色环保而在整个包装材料中占有较高的比重。塑料包装功能全面，尤其具有良好的成形性能，可以加工成各种薄膜包装袋、盘、盒、瓶、桶等容器，几乎适合包装各种固态、液态商品；通过发泡或充气加工成的缓冲材料，对商品流通具有十分优良的保护作用，但其废弃物的再生处理有其难度。玻璃、金属包装以其密封性好、商品保质期长和卫生安全等优点，在食品、药品、化妆品特别是饮料包装中占有主导地位。为了充分利用各种包装的优点，今年开发出众多复合包装材料，如纸塑复合、塑料与铝箔复合、纸塑与铝箔复合等。各种包装材料在市场上的比例为：纸和纸板 35.6%、塑料 31.1%、玻璃 6.6%、金属 26.6%。下面将逐一详细地介绍各种材料的种类及性能，以及其适用的商品和包装设计。

6.1.1 纸包装材料

纸包装材料具有原材料来源丰富、加工容易、性能优良、价格低廉、可再生多个的特点，因此纸包装在包装材料中占有重要地位。

纸张的出现具有悠久的历史，东汉（公元 105 年）时期蔡伦发明了造纸术，纸张除了用于书写和绘画外，最大的用途就是包装各种商品。现有市面流通的用于包装的纸和纸板是按定量和厚度来区分的。按国家标准，定量小于 225g/m^2、厚度小于 0.1mm 的称为纸；定量大于 225g/m^2、厚度大于 0.1mm 的称为纸板。纸和纸板主要有以下几种。

1．胶版纸

胶版纸也称为胶版印刷纸。胶版纸的特点是伸缩性小、抗水性强、纸张表面质地紧、平滑度和白度好，利于印刷。有超级亚光和普通亚光两种，并分为单面光和双面光两种，常用于制作标签和纸袋。

2．铜版纸

铜版纸又称为印刷涂布纸。它是在原纸上涂上一层白色浆料，以填充纸坯表面凸凹不平的纤维间隙，经压光而成。铜版纸的表面白度、光洁度、平滑度较高，对油墨的吸收性能良好，适用于多色套版印刷，印后色彩鲜艳，层次变化丰富。铜版纸也分为单面涂料和双面涂料两种，主要采用木、棉纤维等高级原料精制而成，常用于烟盒、标签、广告袋、纸箱、纸盒和复合纸罐面纸等（见图 6-3）。

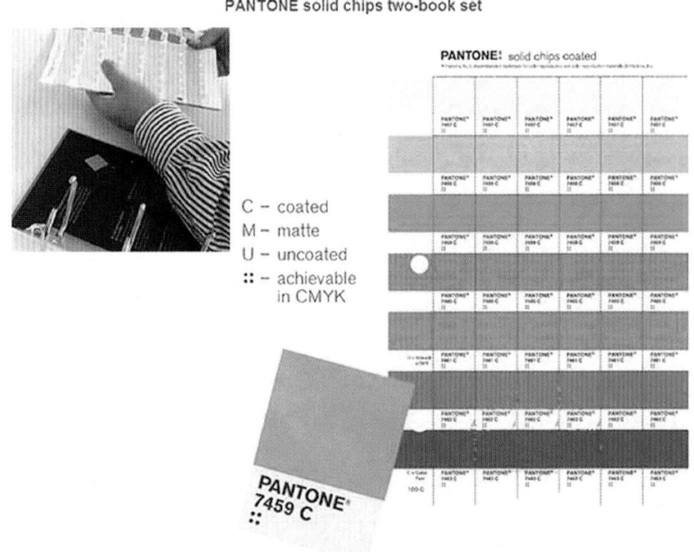

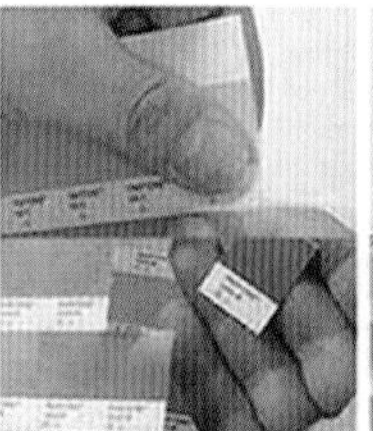

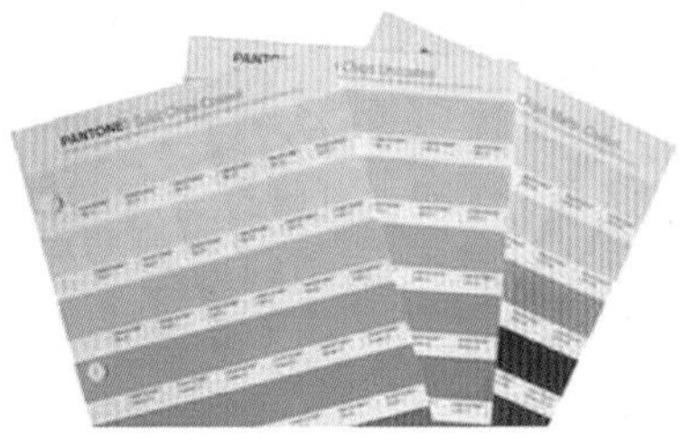

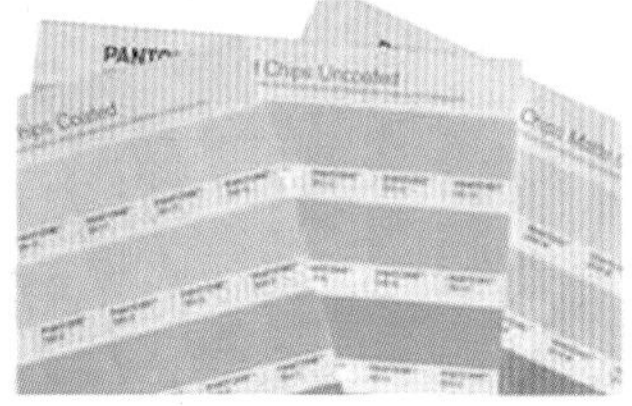

图 6-3

3. 白卡纸

白卡纸是采用双面涂料，并经压光处理的多层双面厚白纸。部分卡纸上还加入特殊的色彩和肌理效果，例如双面玻璃卡、金版卡、银版卡、激光卡、五彩卡等。白卡纸大多从国外进口，属于高档包装纸材，常用于高档商品的包装（见图 6-4）。

图 6-4

4. 白板纸

白板纸是一种厚硬型的单面盒包装专用纸。主要用于凸版印刷套包包装盒和装潢衬纸。纸张正面表面光滑，纸质强韧，耐折性好，成型挺括，封口粘贴方便并具有一定的缓冲防护性能。但是白板纸含水量高，特别是国产纸张，伸缩性大，使用时要注意印刷套印的准确性。白板纸目前有白底和灰底两种，定量通常在 200 ～ 500g/m^2 之间。如图 6-5 所示是小工具系列包装，采用的材质主要是 300g/m^2 灰底白板纸单面印刷，表面覆光膜，里面裱上单层瓦楞，两头开口。结构简单但却非常结实，承重力和抗压力很强，适合于小型金属工具的产品包装。这类多种材质的复合包装在市场上占有较大的优势。

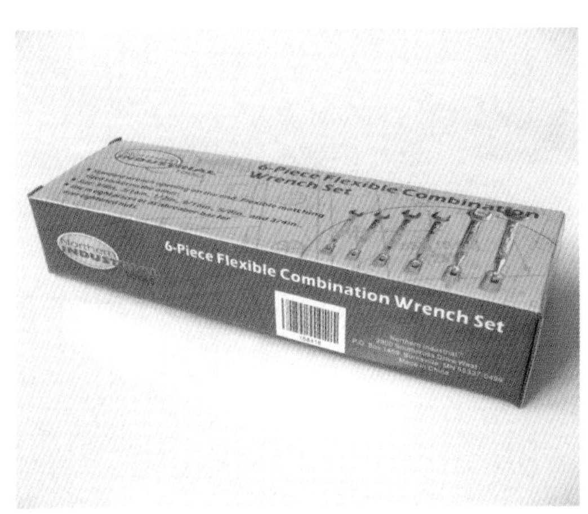

图 6-5

5. 牛皮纸

牛皮纸本身为灰黄的色彩，使其有着丰富的内涵以及朴实憨厚感。只需印一套色，就有丰富的色彩特点。由于其经济实惠的价格，很多包装设计都使用了牛皮纸材质。但是由于牛皮纸本身的色彩较暗，在印刷时应避免使用浅色系，以免出现色彩偏差，如图 6-6 和图 6-7 所示。

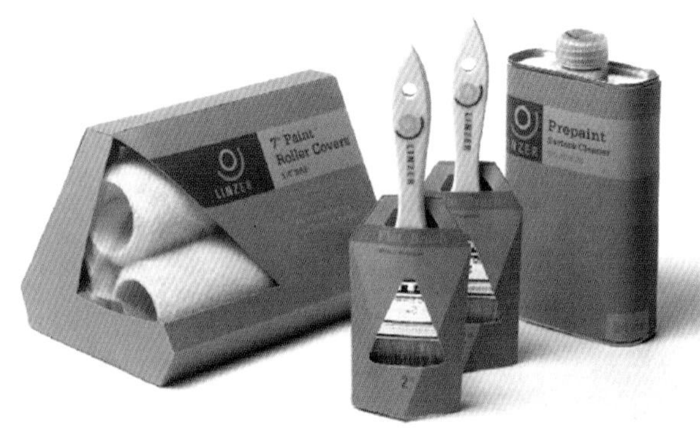

图 6-6

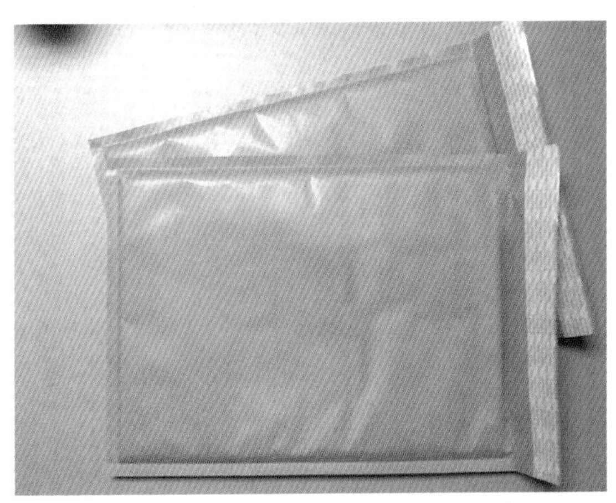

图 6-7

6. 艺术纸

艺术纸表面带有凸凹花纹肌理，色彩丰富。它的加工工艺特殊，适用于高档商品的印刷。但由于其表面的凸凹肌理，不适于着墨，因此不常用于彩色印刷。

7. 再生纸

再生纸是绿色环保纸张，纸质疏松。其与牛皮纸相似，价格低廉，是将来包装材料发展的方向。如图 6-8 所示是使用再生纸制作的包装设计。如图 6-9 所示是使用了手工再生纸，借用了其粗糙的肌理，再加上手绘的效果，进行了文具的包装设计。

图 6-8

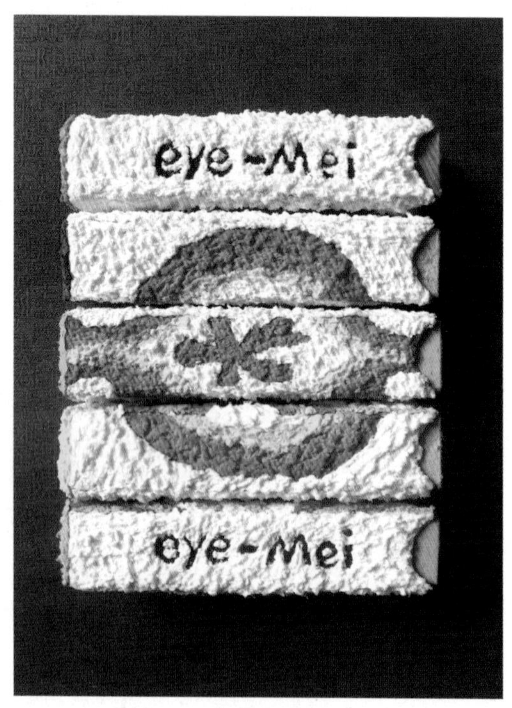

图 6-9

8. 玻璃纸

玻璃纸有本色、彩色和白色几个种类。玻璃纸很薄但具有一定的抗张性能和印刷适应性，透明度强，富有光泽。用于直接包裹商品或包在彩色盒外面，起到装潢、防尘的作用。玻璃纸与塑料薄膜、铝箔复合，成为具有多种材料特性的新型包装材料。

9. 黄板纸

黄板纸坚硬抗压，厚度在 1 ~ 3mm 之间，缺点是表面粗糙不能直接印刷。常用作内衬，起到加固的作用。

10. 过滤纸

过滤纸纸质疏松，透气性好，牢固度差，通常用于茶叶的内包装，如图 6-10 所示。

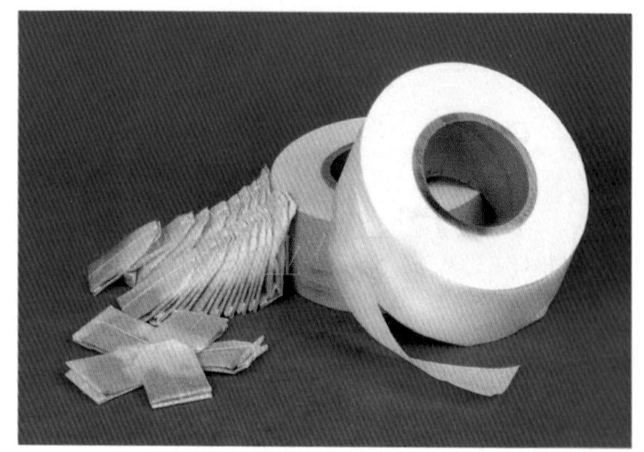

图 6-10

11. 油封纸

油封纸用于内包装，对于易受潮变质的商品具有防潮、防锈的作用，多用于糖果和护肤品的外包装，日用五金产品也常常加封油纸以防锈蚀。

12. 浸蜡纸

浸蜡纸的特点为半透明，不粘、不会受潮，用于香皂类等护肤品的包装。如图 6-11 所示，早期的很多日化商品都使用浸蜡纸；而现代商品中，塑料制品代替了浸蜡纸，有了更好的保护效果和印刷效果。

图 6-11

13．铝箔纸

铝箔纸用于高档产品包装的内衬纸，可以通过凹凸印刷产生肌理花纹，产生立体效果，并具有防潮的作用，以及防紫外线、耐高温等特点。铝箔纸还可与普通纸张或塑料复合成新型材料，适用于各类食品或化工产品等易变质商品的包装。

14．瓦楞纸

瓦楞纸用于包装纸箱的制作，具有轻便坚固的作用，成本较低，常用于长途运输的商品包装；另有细瓦楞纸，因其特殊肌理而常作为贵重商品的包装（见图 6-12 和图 6-13）。

图 6-12

图 6-13

6.1.2 塑料包装材料

在包装行业中，高分子材料主要以塑料、橡胶、纤维、涂料等形式存在，其中塑料的应用最广。塑料是可塑性高分子材料的简称。用塑料可制成软包装袋、中空容器（瓶、罐、桶等）、片材的吸塑容器、塑料缓冲泡沫、编织袋、捆扎带等。塑料相对于其他的包装材料有很多的优点。质轻，可通过改变厚度调整阻隔性和渗透性，达到保鲜的效果，抗腐蚀，光学性能好，可塑性强。

我们在市场上经常看到塑料制品中会有相关的数字和标示，不同的数字代表不同的材质，以及各材质相关的特点，有些材料适宜于做包装材料，下面一一列出。食品包装材料和非食品包装材料在卫生等要求上更为严格。

(1) PET（聚酯薄膜）。其产品主要用途为盛装纯净水、矿泉水、碳酸饮料的饮料瓶（见图 6-14）。其使用特性：不能装热水。耐热至 70℃。只能一次性使用。其危害如下：盛装高温液体或加热瓶体会变形，可熔出有害物质。连续使用 10 个月后，

图 6-14

可能释放出致癌物，对人体具有较大毒性。用完后必须废弃，不要再用来作水杯，或做储物容器来盛装酸性溶液或油脂等液体。

(2) HDPE（高密度聚乙烯）。其产品主要用途为盛装清洁用品、沐浴产品的容器及超市包装袋（见图 6-15）。其使用特性：耐热至 110℃。盛装非食品物质可重复使用。其危害分析：标明食品用的塑料袋在盛装食品时，最好不与食品直接接触，以防止微生物污染；盛装清洁用品、沐浴产品可清洁后重复使用，如果残留液清除不彻底，仍会成为细菌的温床，建议最好不要多次循环使用。MDPE（中密度聚乙烯）的密度略低于 HDPE（高密度聚乙烯），常作为手提袋的材料（见图 6-16）。

图 6-15

图 6-16

(3) PVC（聚氯乙烯）其产品极少用于食品包装。使用特性：包装食品时禁高温、油脂，不得受热使用。危害分析：容易产生有毒有害物质。生产过程中没有被完全聚合的单分子氯乙烯和增塑剂中的有害物，这两种物质遇高温和油脂时容易被析出，如果随食物摄入人体后，容易致癌。建议最好不要用于盛装食品（见图 6-17）。

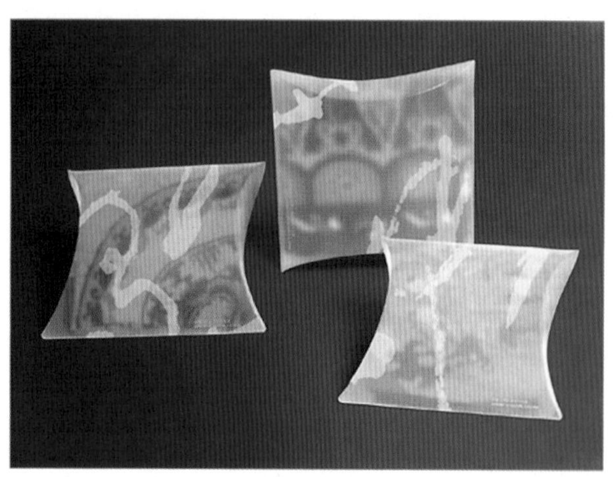

图 6-17

(4) LDPE（低密度聚乙烯）。其产品主要用于制作保鲜膜、塑料薄膜。使用特性：耐热性不强，110℃时出现热熔现象。危害分析：因热熔而留下人体无法分解的塑料制剂。用保鲜膜包裹食品加热，食品中的油脂很容易将膜材料中的有害有毒物质溶解出来。因此，食物入微波炉前，先要撕去包裹食品的保鲜膜后方可作加热处理。

(5) PP（聚丙烯）。微波炉餐盒、果汁饮料瓶、口杯等。使用特性：耐 130℃高温，透明度差，可重复使用。危害分析：是唯一可放入微波炉盛装食品加热的塑料容器，清洁后可重复使用。特别提醒：一些微波炉餐盒的盒体用聚丙烯制成，盖却用不耐高温的聚苯乙烯制成，因此绝不可以将盖与盒体一并放入微波炉加温食品。

(6) PS（聚苯乙烯）。其产品主要用于碗装泡面盒、发泡快餐盒等。使用特性：既耐热又抗寒，但不能放入微波炉加热食品。危害分析：温度过高会释出化学物质，并且不能盛装强酸、强碱性物质，因为会分解出对人体不好的聚苯乙烯。所以，尽量避免用快餐盒打包滚烫的食物（见图 6-18）。

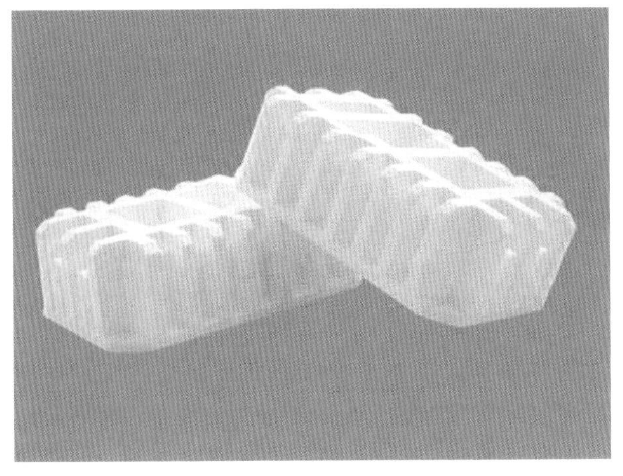

图 6-18

(7) PC（聚碳酸酯）。其产品主要用于制作奶瓶、水杯、桶装饮水桶等。其使用特性：可重复使用，但避免使用破损或老化的容器。危害性：因有少量双酚 A 在生产聚碳酸酯产品时没有彻底转化为聚碳酸酯的塑料结构，则可能会释出而进入食物或饮品中。所残留的双酚会随温度升高而加速并加量释放，因此不能盛热水。如果容器有破损必须停止使用，以防止细菌污染。

除了以上介绍的包装常用塑料薄膜外，在塑料薄膜上进行真空铝蒸镀的镀铝薄膜已经被广泛采用。塑料薄膜与铝箔、纸等材料复合构成特殊承印材料，既具有塑料薄膜的材质特点，又提高了包装印刷的适应性，以达到包装的最好效果。

6.1.3 金属包装材料

金属容器的加工与应用已有 5000 多年的历史，但现代金属包装技术是以英国人 1814 年发明马口铁罐为标志。金属材料广泛应用于工业产品包装、运输包装和销售包装，已经成为制作各种包装容器最主要的包装材料之一。金属在某些性能方面具有纸材和塑料不可比拟的特点，金属资源较为丰富，回收处理方便、污染少。在现代以纸材和塑料作为主要包装材料的市场中，金属通过复合蒸镀的形式，成为复合材料中主要的阻隔材料层，主要应用于食品、医药和日用化工的包装。下面重点介绍一下钢材包装和铝材包装。

1．钢材包装

常用的钢材包装有薄钢板（黑铁皮）、镀锌薄钢板（白铁皮）、镀锡薄钢板（马口铁）、镀铬薄钢板等。薄钢板是普通低碳素钢的一种，具有较强的可塑性与韧性，光滑柔软，延伸率均匀，无裂缝不起皱，适用于制作桶状容器。镀锌薄钢板则是在酸洗钢板上经过热浸镀锌处理，具有强度高、密封性能好等特点（见图 6-19）。制作桶状容器，即是我们日常的白铁皮桶。镀锡薄钢板则是平常常见的马口铁罐的包装材料，马口铁着色好，不易生锈，坚硬度高，常用于食品包装（见图 6-20）。镀铬薄铁板是在低碳薄钢板上镀铬，主要用于腐蚀性较小的啤酒罐、饮料罐及食品罐的底盖等。

图 6-19

图 6-20

2．铝材包装

量轻，易于加工，延展性好，耐腐蚀性强，不易生锈，阻隔性好，遮光性强，可以有效地保护产品。另外，热导率高，易于杀菌，色泽美观，易于印刷，易于回收（见图6-21）。但其缺点是材质较软，强度较低，遇碰撞时易于变形等。市面上常出现的易拉罐就是以铝材作为主要材料的（见图6-22）。

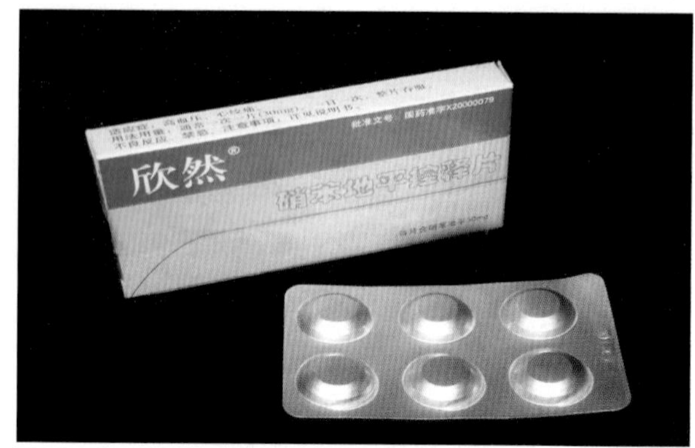

图 6-21

图 6-22

6.1.4 木质包装材料

木质材料主要是指由树木加工成的木板或片材。木材作为包装材料，具有悠久的历史，现在虽然出现了很多优质的包装材料，但木材也有不可比拟的优点，例如木材来源丰富，分布地域广，质轻强度高，能承受一定的冲击和震动，容易加工，且易于回收，价格低廉。木材长期以来一直作为大型或笨重的机械仪器等产品的包装，它抗压性好，常作为远程运输的主要包装材料。市面上流通的木材包装材料主要分为天然板材和人造板材两种。

1．天然板材

天然板材主要是将砍伐的树木直接加工而成。一般选用的木材有红松、马尾松、杉木、桦木、毛白杨等。红松产于东北兴安岭，木质轻软，耐高温，常用于制造包装箱等。马尾松盛产于长江流域，有明显的松脂味道，干燥易裂，不耐腐蚀，仅用于制作一般的包装箱。杉木产于长江流域，木质轻软，有香气，剖面易起毛，比较粗糙，用于制作小型包装制品或集装箱等。桦木产于全国，资源丰富，耐腐性差，工业上多用于胶合板材料，少量用于制作包装箱。毛白杨主要分布在华北地区，木质轻软，强度较弱，是造纸、纤维胶合板的优良原料。

2．人造板材

人造板材多使用木材采伐的剩余物，强度高、性能好。一般选用的人造板材主要有胶合板、纤维板、刨花板等。胶合板是把原木旋成薄木片，热压而成，层数为奇数。包装轻工化工类产品的胶合板使用酚醛树脂或脲醛树脂做黏合剂，具有耐热和抗菌等性能，包装食品的胶合板使用谷胶或血胶做黏合剂，具有无菌无味的特性。胶合板可直接加工成木盒。纤维板是使用木纤维或棉秆、稻草、芦苇等植物的纤维制成的人造板，具有一定的抗压性和抗弯曲强度，耐水性强，但抗冲击强度不如木板与胶合板，适宜于做包装木箱挡板和纤维板桶。软质纤维板具有保温、隔热、吸声等性能，一般做包装防震衬板。刨花板又称碎木板和木屑板，将原木板的剩料与黏合剂搅拌，经加热压制而成。刨花板没有木材的天然缺陷，但易受潮，强度不高，一般用作小型物品的包装。人造板材材质可仿制出天然板材的效果，可用作红酒包装，外观精美，抗压力强，不易变形（见图6-23）。

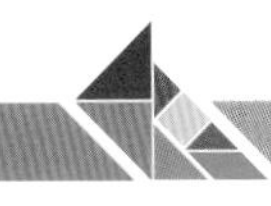

图 6-23

6.1.5 玻璃包装材料

玻璃的制造已有五千年以上的历史，最早的玻璃制品主要用于装饰作用。作为包装材料，玻璃具有一系列非常可贵的特性：透明、坚硬耐压、良好的阻隔性、耐蚀性、耐热性和通透的光学性质。玻璃原料丰富，可回收再利用。不足之处是玻璃抗冲击力差，易碎，制作成本高。市面上通常使用的玻璃按成分划分，有硅酸玻璃、硼酸玻璃、磷酸盐玻璃、铝酸玻璃等；按用途和特性分，有平板玻璃、器皿玻璃、光学玻璃、电真空玻璃、乳浊玻璃、微晶玻璃等。在运输包装中，玻璃主要用作盛装化工产品如强酸类的大型容器，其次是玻璃纤维复合袋存装矿物粉料。用于销售包装，主要是盛装酒、饮料、药品、化妆品等液体物质（见图 6-24）。

图 6-24

6.1.6 陶瓷包装材料

陶瓷的传统概念是指以黏土为主要原料与其他天然矿物经过粉碎混炼、成型、煅烧等过程制成的各种制品。陶瓷制品是人类制造和使用的最早物品之一，至今因为其独特的手感和工艺，仍在包装材料中占有一席之地。陶瓷的化学稳定性与热稳定性比较稳定，能耐各种化学药品的侵蚀，热稳定性比玻璃好，耐高温，冷热快速变化也不会对陶瓷有影响。不同的商品包装对陶瓷的要求也不相同。如高级饮用酒瓶，要求陶瓷不仅机械强度高，密封性好，而且要求白度好，具有光泽等特性。现在市面上常出现的陶瓷有以下几种。

(1) 粗陶瓷。粗陶瓷多孔，表面粗糙，带有颜色，不透明，有较大的吸水率和透气率，主要用作缸器，作为腌制食品的包装。粗陶制作的酒瓶，有天然粗犷的风格，与设计主题相符（见图 6-25）。

图 6-25

(2) 精陶瓷。它又分为硬度陶瓷和普通陶瓷。精陶瓷较精细，坯为白色，气孔率和吸水率均小于粗陶，常作为缸、罐和陶瓶。

(3) 瓷器。较高温度烧制的瓷器，结构紧密均匀，白色坯，表面光滑，吸水率低，极薄的瓷器还具有半透明的特性，多用作高档的商品包装。日本清酒的内包装使用细瓷材质，形态简洁，极具现代感（见图 6-26）。

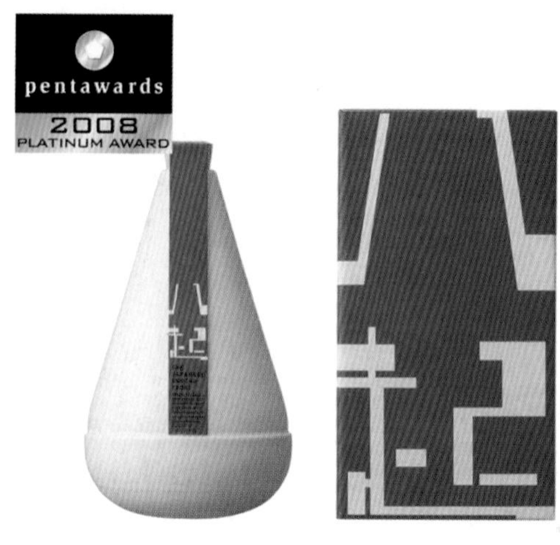

图 6-26

6.1.7 复合包装材料

复合材料是由两种或两种以上异质、异形、异性的材料复合形成的新型材料。特殊复合材料是以碳、芳纶、陶瓷等高性能增强体与耐高温的高聚合物构成的复合材料，用于特殊的包装。一般复合材料是把纸张、塑料薄膜或金属箔等两种或两种以上材料组合在一起以适应用途要求的包装材料。如纸与塑料复合，纸与金属箔复合形成的包装材料。

(1) 防腐复合材料。可解决某些非铁制品的防腐问题，通常使用多层牛皮纸和腊或沥青涂料，加入防腐剂制成。

(2) 耐油复合材料。由双层复合膜组成，外层是高密度聚乙烯薄膜，里层是半透明的塑料，具有薄而坚固的特点。因其不易渗透血和油脂，常作为食品的包装。

(3) 填充包装材料。作为纸和纸板的代用品，可以通过热成型工艺来压制成各种形状的容器，可进行折叠和印刷，防潮性能好，可以热封合，尺寸稳定且易于印刷，具有装饰效果。

(4) 特塑复合材料。用明胶、淀粉、盐复合而成，用于储存蔬菜、水果等，可使保质期增加数倍。

(5) 防蛀复合材料。在复合材料中加入带有防蛀成分的黏合剂，可使被包装物品长时间不生蛀虫，但黏合剂有毒，不能直接使用在食品包装上。

(6) 高气体隔绝性材料。聚乙醇、尼龙、玻璃纸、丙烯腈上热压氯乙烯，既可保持薄膜原有的特性，又可提高气体隔绝性，延长商品的保质期。

6.1.8 纤维织品包装材料

纤维品包装材料具有柔软，天然，易于印染和编制，并具有反复利用，可再生的特点。但其成本较高，坚固度低的缺点，使其在包装材料中有着局限性，一般适用于产品的内包装，充当填充、装饰、防震等作用。现在市场上纤维品包装材料通常有天然纤维、人造纤维和合成纤维几类。

(1) 天然纤维。天然纤维包括植物纤维（例如棉麻）、动物纤维（例如羊毛、蚕丝、柞蚕丝等）、矿物纤维（包括石棉、玻璃纤维）等。棉麻织品主要用于制作包装布袋和麻袋，布袋常用于装面粉等粮食制品、为了防潮，可在袋内衬纸袋或塑料袋。麻袋可用于放农副产品、化肥、化工材料及中药等。动物纤维织品通常用于高档商品的包装或者内衬，起到装饰和保护的功能（见图6-27）。

图 6-27

(2) 人造纤维。制作包装袋和内包装的人造纤维是黏纤和富纤，即俗称的人造棉布，具有天然棉布的特性，但价格偏低，是许多内包装的替代品。

(3) 合成纤维。合成纤维与塑料一样，均属高分子聚合材料，具有强度高、耐磨、弹性好、耐腐蚀等优良特性，作为包装还有结构紧密、不透气、不吸水的特点，主要用于做包装布、袋、绳索等。其缺点是不耐高温、易产生静电等。

6.1.9 天然包装材料

天然包装材料是指天然的植物或动物的叶、皮、纤维等，可直接使用或经简单加工成板、片，再做包装材料。主要有竹类、藤类和草类。

(1) 竹类。用作包装材料的主要有毛竹、水竹、慈竹、淡竹、钢竹、大节竹等，可用作竹制板材，如竹编胶合板、竹材层压板等，也可编织各种竹制容器，如竹筐、竹箱、竹笼、竹篮、竹盒、竹瓶等（见图 6-28）。使用了竹子作为辅助设计材料，将编、织等手法使用其中，与各种材质不同，造型不同的酒瓶结合在一起，系列感很强。

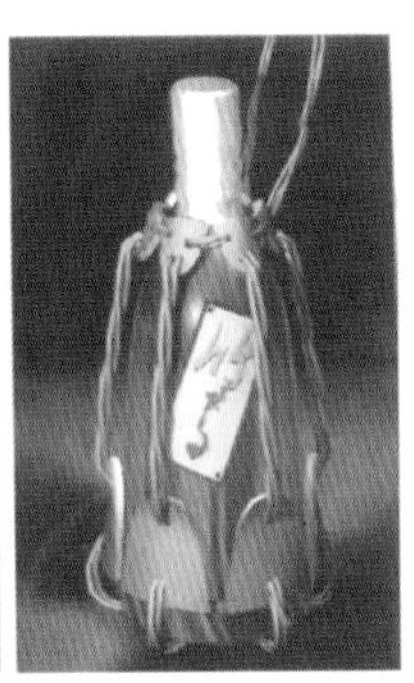

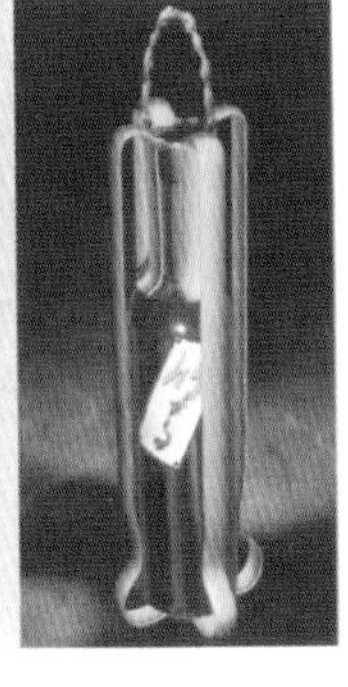
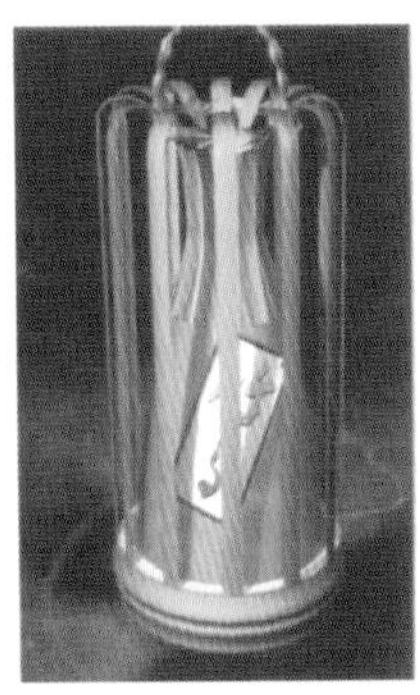

图 6-28

(2) 藤类。其主要有柳条、桑条、槐条、荆条及其他野生植物藤类，用于编织各种筐、篓、箱等。

(3) 草类。其主要有水草、蒲草、稻草等，用于编织席、包、草袋等，是价格便宜的一次性使用的包装用材料（见图 6-29）。

其他天然包装材料还有棕榈、贝壳、椰壳、麦秆、高粱秆、玉米秆等，用于制作富有民族特色形式的包装。竹叶是专门制作端午节日食品——

图 6-29

粽子的包装材料，不同的捆绑方法，加上不同的粽子造型，使单一的产品更具新意。

包装的材料丰富多样，每种材质都有自己独特的性质及特征。在包装设计的过程中，选择合适的包装材料，是实现设计目的的有效途径，因此了解每种材质的特点，是设计中必不可少的过程。选定包装材料后，将包装设计有效地实现，接下来就要了解到关于印刷的工艺及流程，这是将包装设计变成成品的最后步骤。

6.2 包装印刷工艺流程

印刷是实现平面设计的必然步骤，印刷的品质直接决定设计成品的成功与否。印刷的传统定义是：以原稿为依据，制成印版，附上黏性的色料。在机械压力的作用下，转移到承印物表面，得到成批的印刷品的技术。根据印刷的定义，必须有原稿、印版、油墨、承印物和印刷机械五大要素。随着科技的发展，市场上出现数码印刷，不需要印版和油墨，计算机中的原稿直接通过印刷机械印制到承印物上，但需要更高的成本。现代广义上的印刷通常指印前处理、印刷和印后处理。

6.2.1 印前处理

印前处理就是根据图像复制的要求，对文字、图形、图像等各种信息分别进行各种处理和校正之后，将它们组合在一个版面上并输出分色片，在制成各分色印版，或直接输出印版。原稿类型不同，所采用的印前处理技术不同，如黑白稿，只需对图像信息处理后，输出一张黑色的制版底片即可，但彩色原稿，则需在四色分色机中对图像进行分色处理，输出黄、品红、湖蓝、黑一套CMYK四色版，每个色彩单独制成一张制版底片。若是连续调图像原稿，则还需对图像进行加网处理。印前需要相关的步骤和设备，具体如下。

(1) 印前处理计算机系统。系统需要相应的软件和设备，文字软件通常使用Word和金山WPS，绘图软件主要使用Illustrator和Freehand软件，图像编辑使用Photoshop软件，彩色排版则主要使用Quark Xpress软件和Pagemaker软件及国内的方正排版软件。

(2) 印前图文信息输出。包括图像显示、预打样、存储、图像记录等。预打样的目的是将彩色印前处理系统所设计制作的结果，在正式印刷之前，根据设计进行检查并做出修改。预打样一般使用彩色打印机，因为不使用实际印刷所用的油墨和纸张，所以和实际印刷也有一定的距离。预打样也称为数码打样，是正式印刷的必要检查过程。

(3) 印前设备。通常有进行原稿分色的分色机，用于承担图文分色片输出的激光照排机，直接将扫描通过系统处理输出分色片的CTP直接制版机，都是印前需要的机械设备。

6.2.2 印刷工艺

包装的印刷工艺复杂且精细，它直接决定着最终成品的质量与风格。不同的印刷方式有着不同的工艺技巧。现在常用的印刷方式有以下几种。

1. 平版印刷

平板印刷又称胶印，是一种最常用的印刷方式，其基于油和水的互诉原理，把图像印刷到一个橡皮胶印滚筒上，再由滚筒把图像印到纸上。胶印机有多个印刷装置，可以传送不同的色彩。

2. 凸版印刷

凸版印刷是一种最古老的印刷方式。其原理就像盖图章，凸起的部分沾上油墨，直接印在承印物上。中国古代发明的活字印刷，使用的就是铜锌版的凸版印刷。现代技术中常使用感光树脂凸版印刷。中印刷方式不能印刷多层次、色彩丰富的印刷品，其表现力受到很大影响。但是印制大面积印刷具有一定的优势。

3. 凹版印刷

凹版印刷是一种快速反战的印刷方式，它是在滚筒印刷机装一个表面带侵蚀版的滚筒将涂了墨水的蚀刻图像直接印到承印物上。凹版印刷可以制作出效果非常好的图像印刷品，但由于制作蚀刻版的成本很高，因此凹版经常被用来印制数量很大的作品，如邮票、包装材料等。

4. 柔版印刷

柔版印刷是最近新兴的印刷方式，它是一种用卷筒材料进行的联系的印刷方式，其主要特点是结构简单，易形成生产线。使用水性油墨、无毒无污染，有利于环境保护。且承印物范围较广，成本较低。

5. 丝网印刷

丝网印刷是一种使用网目漏色方式的印刷方法，由于其幅面不受尺寸限制，并可以在除纸张外的棉布、丝绸、塑料、玻璃、木材、金属等各种材质的承印物上印刷，因此在包装设计中具有广泛的应用。特别是包装容器中的瓶体的印刷。

6. 数码印刷

数码印刷是一项综合性很强的技术，包括了

印刷，电子科技、计算机软件、网络通信等多个技术领域。前面已经简单谈到，它取消了分色、拼版、制版、印刷等多个步骤，适用于印数不足1000份的四色印刷品。从输入到输出，实现一张起印，是现代最快速的印刷方式。

6.2.3 印后工艺

包装的印刷后期加工工艺是在印刷完成后，为了提高美观和包装的特色，在印刷品上进行的后期效果加工。主要工艺有烫印、上光上蜡、浮出、压印、扣刀等。

1．烫印

烫印的材料是具有金属光泽的电化铝箔，颜色有金、银和其他许多种。在包装印刷上主要用于对主形象、文字等的突出强调。烫印主要是在凸版与承印物中加入电化铝箔，加压加温使之印制在承印物上，例如纸张、皮革、纺织品、木材等。

2．上光上蜡

上光是在印刷品表面形成一层光膜，以增加光泽，并对包装的表面起到防水防油污的作用。上光实际上是将光亮油和光浆调和，使用上光机形成光膜。上蜡则是在包装纸上涂热熔蜡，使印刷品光泽鲜艳，并起到很好的阻隔作用。

3．浮出

在印刷后，将树脂粉末溶解在未干的油墨中，经过加热处理，印纹突出而形成特殊的立体感。使用的粉末有有光泽和无光泽的，以及金、银、荧光色等。这种工艺适用于高档礼品的包装印刷。

4．压印

压印又称凹凸压印，使用凹凸版，将纸张放在凹凸版中间，加热加压，形成两面的凸凹纹理。这种工艺多用于包装中的品牌、商标、图案的主体部分，使形象具有立体感。

5．扣刀

扣刀又称压切，用于特殊形状的成型切割。这种工艺主要用于包装中天窗、提手等异型的处理。

包装的印刷种类繁多，程序复杂，了解每一个步骤及每种方法，可以在包装设计的同时兼顾到印刷工艺设计。包装印刷的目的已从最原始的商品保护和商品功能性介绍，向通过特种印刷工艺提高商品档次的方向发展。选择合适的包装印刷工艺，可以在控制成本的前提下，达到包装设计的目的。

6.3 包装的特种工艺

特种工艺主要是指特种印刷工艺，及因特种印刷而产生的特种承印材料。特种印刷自从印刷工艺产生以来就存在了，并与之紧密相连。特种印刷的范围虽然不大，但在包装这个快速增长的产业中，出新出奇才能赢得更多的市场。

6.3.1 喷墨印刷

喷墨印刷是一种高效的特种印刷方式，对于普通人的日常生活，喷墨印刷并不陌生，但是对于工业印刷而言，喷墨印刷并不常用到。它可以应用于包装工业生产线上，快速打印生产日期、批号和条形码等内容。由于喷墨印刷属于无压印刷，使用的油墨种类多样，因此承印材料范围非常广泛，几乎包括了各种包装物品，为包装生产线提供了很大的自由度。

与传统的印刷方式相比，喷墨印刷设备成本低，维护更方便，较小的投资成本即可获得较大的回报。同时喷墨印刷的设置也为包装印刷的标准化提供便利条件。

6.3.2 防伪印刷

在包装印刷领域，防伪包装有着重要的作用

和意义。很多贵重的高档商品为了保护商家的利益和消费者的安全，必须有一套完善的防伪系统。因此，防伪印刷在包装印刷中应用广泛，并且随着人们品牌意识的不断提高和知识产权保护力度的加大，防伪印刷将有着更加大的市场。

常见的防伪方式有：激光全息防伪、特种油墨防伪、制版与印刷工艺防伪。

激光全息防伪，图像精美清晰，色彩绚丽，更加吸引消费者的注意，是最常用在包装上的防伪印刷方式。特种油墨防伪成本较低。因为投入少，见效快，所以在普通产品中常用到。制版和印刷工艺防伪技术是一种综合防伪方式，这项技术也是应人们对高质量包装品的需求而生的，这种防伪技术利用多种印刷设备综合使用，多种印刷工艺相互渗透，多种工序相互结合，尤其是引入一些独有的特殊印刷方式，这一切使得最终产品具有较强的防伪功能，但同时也加大了生产成本及其生产复杂度，规模较大的印刷厂在应用这项技术时更加得心应手一些。

在一些地方，特殊的传统印刷工艺还没有失传，由于掌握技术的人较少，这些特殊的印刷技术也逐渐成为防伪印刷的生产手段之一，如木刻印刷版画，由于它的古老和稀少，也成为一种有民族特色的个性化的高附加值的印刷产品。

6.3.3 金属制品印刷

金属属于特殊承印材料，印刷方式也不同于普通的纸张印刷。国内主要采用胶印、转移印刷、丝网印刷以及柔版印刷的方式。由于其成本高，一般多用于奢侈品的包装。

6.3.4 转印

转印是一种新兴的印刷工艺，它分为转印膜、转印纸印刷和转印加工两部分，转印膜印刷采用网点印刷（分辨率达到300dpi）将图案预先印在薄膜表面。转印加工是通过热转印机一次加工（加热加压）将转印膜上精美的图案转印在产品表面，成型后油墨层与产品表面融为一体。

转印膜产品日前已适用的范围很广，如PP、PS、ABS、PVC、PE、PC、木材、有机玻璃制品等，还可用于家具、胶桶、油漆桶、办公文具、镜框、电器制品、建筑装潢材料、化妆品包装、医疗器械、生活用品、首饰、打火机，筷子等。由于转印过程简易，快速、无污染、并且转印后的图文色彩艳丽、附着力强广泛地应用于文具、日用品、化妆品、电器、玩具制品的表面装饰。

趋势由市场决定，消费全球化必将促使包装行业快速增长，而消费者对多样化的要求又会使得包装印刷行业的技术不断提升，从而出现更多色彩、更好图像、更高质量以及更加个性化的产品。包装的材料及印刷工艺的发展，必将为将来包装设计的实现，打下坚实的技术基础。

思考题：

1. 纸制包装常用的材料有哪些？其特点是什么？
2. 包装的印后工艺有哪些？其特点是什么？

参 考 文 献

[1] 刘淑琴．包装设计与创意．武汉：武汉理工大学出版社，2007

[2] 刘丽华．包装设计．北京：中国青年出版社，2009

[3] 黄江鸣，刘佳．包装设计教程．南宁：广西美术出版社，2008

[4] 尹章伟，刘全香，林泉．包装概论．北京：化学工业出版社，2008

[5] 靳斌．包装设计．杭州：浙江美术学院出版社，1993

[6] 林振杨．包装设计．南宁：广西美术出版社，2003

[7] 游力．包装设计．南宁：广西美术出版社，2006

[8] 陈磊．包装设计．北京：中国青年出版社，2006

[9] 崔华春．包装设计．南昌：江西美术出版社，2006

[10] 陈小林．包装设计．成都：四川美术出版社，2006

[11] 丁剑超，王剑白，王涣波．包装设计．北京：中国水利水电出版社，2006

[12] 曾敏．包装设计．重庆：重庆大学出版社，2007

[13] 祖乃生，李娜．包装设计．合肥：安徽出版社，2006

[14] 朱锷．秋月繁的包装设计世界．南宁：广西美术出版社，2002

[15] 于静．现代包装设计．沈阳：辽宁美术出版，2004